KB253540

박경림 에세이

# 아름다운 오해와 슬픈 이해

| 박경림 · 글 |

명문당

# 아름다운 오해와 슬픈 이해

초판 인쇄＊2002년 12월 1일
초판 발행＊2002년 12월 5일
지은이＊박 경 림
펴낸이＊김 동 구
펴낸곳＊명 문 당

서울특별시 종로구 안국동 17~8
대체:010041-31-001194
전화:(영) 733-3039, 734-4798
(편) 733-4748
FAX:734-9209
Homepage: www.myungmundang.net
E-mail: mmdbook1@myungmundang.net
등록:1977. 11. 19. 제1~148호

＊책 값은 표지에 있습니다. 파본은 바꾸어 드립니다.
＊저자와의 협의하에 인지는 생략합니다.

ISBN 89-7270-706-6 03810

# 책 머 리 에

처음으로 세상에 내어놓는 산문이라서 웬만한 가로 고칠 정도의 글은 용서하는 마음으로 읽어 주리라 믿는 구석고, 의지하고픔과, 또한 기대되는 것도 사실이다.

사랑이라는 주제는 인류가 공존하면서부터 현재도, 미래도, 그 이전의 과거까지도 영원한 미지수로 숨을 쉴 것이며 자리를 옮겨 갈 것이다.

어쩜, 가도가도 알 수 없는 자기자신 되돌아보기와 같은 미궁 속의 우물에 얼굴을 비추어 보는 주관적인 작업은 아닐까 ?

여기에 실린 글들도 개인적인 억지를 부린 흔적이 발견되는 것 같아 부끄럽기까지 하다.

　이상하게도 몇날 며칠을 뒹굴며 빤빤히 놀다가 비가 내리기 시작할 징조를 보이며 어둑해지다가 눅눅거리는 기온으로 꾸물거리기 시작하면, 폭우가 내리는 장마진 날들에 묶여 방문을 걸어 잠그고 걷잡을 수 없는 좌절에게 행패를 부렸던 것 같다.
　목마름으로 다가온 강진(强震)이 지나간 자리에 허탈함을 채우려는 듯, 예상치 못했던 폭우가 많이 내렸다.
　나의 가슴에도.

4

캄캄한 미로 속에서 끝없는 미궁 속의, 그라는 그림자를 찾아서…….

마음 갈라지는 눈물과 마주칠 때 느끼는 떨림도, 희열도 있었다.

그리 위대하다는 신도 내 가까이 다가올 수 없는데, 가랑잎보다 더 쉽게 떠도는 사람의 마음이 한 곳에 영원히 머물 수 있겠는가.

생각없이 길을 걷는 사람과 생각하며 걷는 사람이 똑같은 길을 걷고 있어도 상상의 공간이 다르듯, '신'을 마음에 안은 사람과 '사람'으로 가슴을 채우려는 사람의 차이는 다가

가는 것과 다가오는 것의 거리일 뿐, 그 거리를 좁혀가고 오는 과정과 방법이 곧 삶이 아니겠는가 ?

비워지지 않는 마음을 억지로 비울 필요는 없다. 번개 치는 밤이 지나면 햇빛 눈부신 아침이 오듯, 비워내려는 용서보다 기다림이란 한마디의 울림이 더 찡하게 다가서지 않을까.

용기와 함께 슬픔도 많이 주었던 사람과, 도움을 주신 모든 분들께 감사의 인사를 보낸다.


석연치 않은 나의 눈동자를 놓치고 싶지 않은 어느 날에.

# 차 례

영혼의 샘터에서 물기 마르지 않게 서성댈 하늘빛보다 더
진하게 거닐었을 내 사랑의 발자국들이……

# 720일간의 전쟁과 평화

4월말의 어느 날, 시각적으로는 봄이 오고도 남아 덩굴장미가 봉오리 내밀던 봄날.

뿌리를 내리면 내릴수록 흙이 흩어진다는 사실도 모르면서 당신은 다가왔습니다.

아직 무엇이건 받아들일 준비가 전혀 되어있지 않은 상처의 축제 속으로……

아수라장이 되었던 핏빛 축제도 시간의 흐름에 따라 독이 죄어오던 손길을 놓은 지 3년이 지나가고 있을 즈음에.

나는 서서히 얼룩지고 구겨진 파티복을 갈아입고 있었습

니다. 격렬했던 죽음의 고지를 거쳐 온 패잔병이 세월이 흘러감에도 불구하고 전쟁중에 받은 충격으로 치유되지 못하는 불치병에 걸리듯.

슬픔도 그리움처럼 잔잔히 스며들어와 나의 얼굴빛은 늘 창백해야 했고, 눈동자는 깊이 들어가 상대방으로부터 애잔함마저 느끼게 하여 오해도 많이 받아야 했었습니다.

"강하게 보이자."
"무엇이건 해내는 거야."
하는 식의 자기체면을 걸어도 보지만 의지력이 뛰어나지 못한 결점을 가진 자신에 대한 울림으로 주저앉고 마는 물거품에 지나지 않았습니다.

나는 진정한 슬픔이 오면 눈물을 흘리지 않습니다. 에이는 가슴 저편에 눈물이 고여있기 때문입니다. 보이지 않는 그 눈물의 샘은 나 혼자만이 들여다볼 수 있거나, 건드려 울렁거리게도 하지요.

그 샘으로부터 우러나오는 수로(水路)의 물로는 우정과의

만남도, 또 다른 식의 어떠한 사랑도 튼실하게 키울 수 있다
고 믿고 싶었습니다.

내가 그 수로에 빠지지만 않는다면 말입니다.

그 눈물 속에 빠지지 않으려고 깊게 땅을 파지도, 넓은 길
을 내어 주지도 말아야 한다고 버티며 지
나온 몇년만에, 또 다시 당신이라
는 그림자가 젖어들기 시작했습
니다.

"사랑요?"

"난 사랑 같은 것은 하지
않을래요."

"그 무서운 사랑을 왜 해
요?"

나의 목메인 말이 떨어지기도 전에,
아니 그 이전에 이미 밀려왔다 밀려 나가기 위한 조류(潮
流) 같은 사랑은 일기 시작했음을 느꼈습니다.

당신의 허물어질 듯한 야윈 어깨와 서글픈 눈빛을 보고
말입니다.

"이별 무서워서 사랑 같은 거 하지 않을래요."

"그래요, 생각해 볼 시간과 여유를 주세요."

말 한마디 제대로 걸지 못했던 우정에서 특별한 마음으로 자리 굳힌 지 3년이 흘렀다는 당신의 말 한마디에, 나는 당신을 이미 받아들이고 있었는지도 모릅니다.

만약에 어떤 무서운 일이 일어나도 우리의 만남을 변명하는 그런 사이는 되지 말자는 무언의 약속을 간직한 채.

우리는 그렇게 만났습니다.

조류가 있는 연안에 사는 동식물들은 급격한 온도의 변화, 염분의 농도의 변화, 태양이 있고 없는 데 따른 여러 가지 장애를 이겨낼 수 있어야 한다는 자연의 흐름쯤은 나보다 나이 많은 당신이 먼저 알고 있었겠지요?

위험하고 무서운 벼랑 앞에 우리가 세운 나라에서 법을 만들고 사랑의 방법도, 논리도, 어디에서도 찾아볼 수 없는 특별한 윤리도, 만들어 가며 설명으로는 턱없이 부족한 성

을 세웠습니다.

두 사람의 믿음이 없이는 곧 위험에 처하게 될 벼랑 끝의 왕과 왕비가 되어 잠시 만나는 성.

그 성은 당신과 내가 만나는 시간을 위하여 존재해 있었고 우리가 헤어지는 순간 지상에서 없어지는 요람의 성이었습니다.

당신과 나의 마음속에 들어있는 회오라기 속 같은 그런…….

보고 싶어 눈물을 흘렸고, 이룰 수 없는 절절함을 채우는 대신 스스로의 가슴에 상처를 내면서 비워야 했던 그리움의 조류에 말려들어, 우리가 만들어 놓은 수로를 잃어버렸습니다.

길을 잃은 계절도 가고 가을도 퇴색하는 어느 날부터 나는 골방 안에 갇혀서 두문불출(杜門不出)했습니다.

골방 안에 함께 갇힌 계절과 싸우며 봄을 기다립니다.

하루에도 수십 번씩 보이지 않는 삼팔선 경계를 넘나들며 전쟁과 평화를 외치다가, 창문 밖으로 들어오는 노을을 느끼고서야 하루를 항복하게 만들어 잠으로 이끌었습니다.

내일은 아마도 멀찍이 떠있는 가을하늘과 맞붙어 치열한 전쟁을 치를 것입니다.

그 전쟁이 깊어질수록 전동타이프 위에 중지 손가락 두 개가 부러지도록 움직이겠지요.

사계절이 거꾸로 가고 있습니다.

오늘은 무슨 요일?

몇월?

몇일?

우리는 열심히 투쟁했습니다.

승자도 패자도 없는 무승부로 끝을 내는 전쟁을 겪었습니다.

당신이라고 하는 고지를 향해서…….

그러나

아직도 전쟁은 끝나지 않았습니다.

# 오전에서 오후까지

서슬 시퍼런 새것이었을 때 마음
휘저어놓던 젊은 날의 만남.
　그 길에선 풀잎 냄새가
난다.
　그것은 진정 새벽을 갓
지나온 오전의 햇살이다.

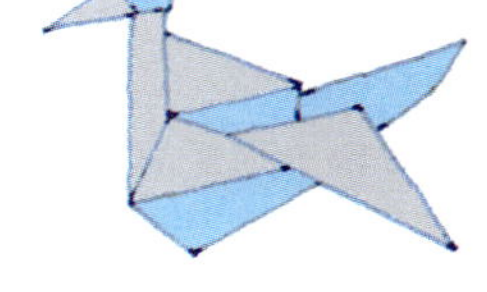

　간혹, 적막에 걸린다해
도 잡고 싶은 공중전화 카드
같은 설레임이다.
　펄펄 끓어오르는 열정만으로도 눈멀고 귀먹는다는 젊음
의 특권으로 정오에 들어서면 청사진으로만 설계하며 그리
던 이상적인 사람도 만날 수 있게 된다.

그러나 그 만남의 선물 안에는 무한한 조건과 책임도 동봉되어 있다는 사실적 규칙을 각오해야 되지 않을까 ?

왠지 모르지만 꿈과 사실에 미숙해 보이는 백색의 공간을 품고 있는 이들에게서는 더욱더 다시 짚어보고 되짚어보며 조심스럽게 들어서야 할 한낮의 시작이다(사랑의 시작이다).

살아가는 데 있어서 두번 다시 가져보지 못할 진정한 사랑, 눈물나게 그리운 사람이 아니라면, 그리움의 눈물로 까맣게 밤을 새운 기억이 없다면, 오전에서 돌아서야 옳지 않을까 ?

아무리 현명하고 약삭빠른 두뇌를 가진 사람일지라도 사랑 앞에서만은 무모하게 바보가 된다는 마력과 같은 오후에 들어서게 된다(사랑에 빠지게 된다).

깊이를 잴 수 없는 사랑 속에서도 심통부리며 따라붙는 원칙과 통과의례적인 난관이 있을 것임에는 틀림이 없다.

그러나 그것은 자기자신의 안락을 추구하는 사람이 아니라면 커다란 문제는 되지 않으리라 믿어진다.

무언의 표정에서도 수많은 역사를 읽어낼 수 있게 되고 가느다란 손가락에서 애처로움이 묻어나는 눈을 갖게 된다면 익숙해짐과 너그러움, 아니 조건없는 사이로 발전해가지 않을 수 없게 된다.

표정과 눈빛, 몸짓 하나의 미세한 움직임까지 놓치고 싶지 않은 관계.

(오전에서 오후까지.)

사람의 만남이나 살아가는 과정을 하루에 비유한다면 내일을 생각하기 이전에 오늘 나에게 주어진 일과 상황에 성의있는 하루를 보내야 되지 않을까?

최선을 다하는 폭넓은 마음의 자세로 보듬어주는 심성, 번복되어지는 것과, 버려야 할 것을 가려낼 줄 아는 사랑을 생활로 가다듬어 내일을 연다면 당신은 사랑받는 연인으로 자리매김하게 될 것임에 틀림이 없다.

아름다움이란 풍요로운 물질 속에서만 얻을 수 없듯이 상대를 이해하고 자신을 지켜 나갈 때 그 아름다움 또한 누구도 흉내낼 수 없는 나만의 빛깔이 아닐까.

그 빛을 오래 받게 되는 상대는 이 세상에서 가장 축복받은 사람이 될 것이다.

예쁜 마음, 여유로운 손길로 나와 관계된 모든 일들을 감싸안아 보는 것도 사랑과 생활을 함께 요리할 줄 아는 지혜로움은 아닐는지.

새로운 것에 도전하지 않는 사람에게 내일은 오늘의 이어짐일 뿐 결코 신세계가 열리는 것은 아니다.

사랑이란 !

마리화나보다 더 환상적으로 다가와 청산가리를 마시고 자살하고 싶은 궁지에까지 갈 수 있다는 것을 예견해 두지 않으면 안된다.

신처럼 다가와서 왕처럼 살다가 신하처럼 물러서는 사랑이라는 단어 ……

# 낮　술

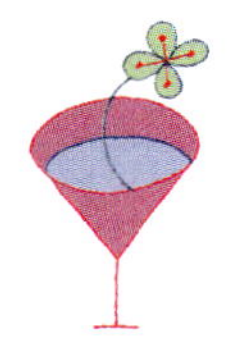

　　의지력이 약한 나는 혼자서 낮술 마시기를 좋아한다. 늦은 시간에 만나야 될만큼 친분이 두터운 사람을 주위에 많이 갖고 있지 않다는 이유도 있지만, 여럿이 모여 떠들고 몸으로 부딪치며 마시는 술보다는 헐렁한 미래에서 오는 불안함이나, 간절함을 드러내지 않고도 위로받을 수 있는 공간에 퍼질러앉아 주눅들었던 나를 마시는 조용함을 더 즐긴다.

　　아침부터 골방에 칩거하거나 도서관에서 보내는 날 피로에 지친 신경으로 목, 허리, 등뼈에서 간헐적으로 오는 통증에게 미안하여 3~4시경이면 약간의 피로도 풀어줄 겸이라는 핑계가 생기는 것이다.

혼자만 아는 비밀장소에 몰래 감추어 둔 청하를 한 병 꺼내 주스컵 정도 되는 유리잔에 콸콸 소리를 내며 부서지듯 토해내는 베이지빛 광기를 보고 있으면 미세한 흥분마저 올라와 단숨에 벌컥벌컥 마시게 되는 것이다.

조금씩조금씩 음미하며 마셔야 제 맛을 알 수 있다는데…….

"맛으로 마시나 기분으로 마시지."

비어있는 위장 속에 넘어가서 망설임없이 화끈하게 올라오는 첫잔의 환상, 가슴 저 아래에서부터 끄 - 윽 하는 헛바람 소리에 화들짝 놀란, 세포라는 세포는 모두 되살아난다.

술은 물의 평정과 불의 격동을 동시에 지니고 있다고 했던가 ?

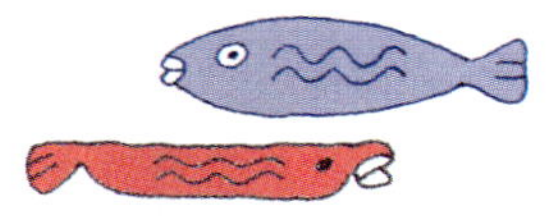

오후가 되면 신기하게도 생각나는 파트너(술)- 물처럼 싱겁게 풀어질 너의 농도가 믿을 수 없는 것이어도 내 외로움과 마주할 수 있는 독기라면 마다하지 않으리.

"술은 몽상 안에서 주위 사물들이 드러내는 맑은 아름다움과의 교류를 보다 가능케 하는 것이었다."
라고 프랑스의 철학자 장 그르니에는 말했듯이 육체 밖에서 존재하는 자신의 영역으로부터 가장 솔직해질 수 있는 것이 아닌가.

밤에 마시는 술은 여럿이 쏟아내는 말들에 의해 사색이 결여되고 주벽이 난무할 수도 있어서, 사사로운 감정을 쓰게 되므로 신비스러운 것도, 의지할 곳도 잃게 된다.

타락되고 잘난척하는 숨겨진 자신은 누추해져 뒤뚱거리는 어둠 속을 헤매고, 나를 찾는 허무에 가까운 일그러진 갈

망으로 끝나기 일쑤인 것이 밤에 마시는 술이라면, 낮에 가
시는 술은 비굴함과 간절함이 적나라하게 드러나는 내 모습
과 정면으로 맞닥뜨려 싸울 수 있는 좋은 기회를, 은근함과
아름다움으로 승화시킬 수 있는 진실의 공간인지도 모른다.

도깨비시장에서 물건값이 정해지듯 헐거워지는 놀이판
같은 희열들이, 욕망들이 너그러워져 머리에서 떠오른 갈등
이 가슴을 거치지 않고도 일분부시행(一吩咐施行)으로 움
직인다.

낮술이 아니면 우리가 언제 이렇게 사치스러운 자신과 친
해질 수 있겠는가 ?


우리는 신을 기억에 담아둔 채 포도가 창조되기 이전부터
우리를 취하게 했던 술을 마셨다.

우리의 영혼이 술이라면 우리의 육체는 포도다.
이미 시간의 존재 이전부터 술은 제조기 아래에 있었다.

이렇게 인식된 술은 선악의 판단을 불허하는 취기를 준
다.

그 사람들은 말했다.
너는 술을 마심으로써 이미 죄를 범했다고
결코 아니다.
나는 내가 약탈당했을 때는 죄가 되는 것을 마셨을
뿐이다.
취기없이 사는 삶은 사는 것이 아니다.
　　－ 성(聖) 장 드라크롸의 술에 대한 예찬 －

# 초청장과 신용장

나는 두 개의 소리를 들을 수 있습니다.

일상에서 들리는 많은 소리 중에서 하루를 보내는 절대적인 맥이며 끈으로 이월되는 소리가 있습니다.

하루 24시간 동안 156번을 정확하게 울려주는 뻐꾸기 시계 소리를 가지고 있으며, 시도 때도 모르고 예의나 체면도 없이 방문하는 전화벨 소리.

그 소리를 두고는 불안하여 슈퍼마켓에 갈 수도 없고, 은행에 볼 일을 보러 들를 수도 없으며, 구두끈이 끊어졌어도 단골 수선집 아저씨를 찾아갈 수가 없습니다.

한동안 그랬습니다.

어느 날 나는 한 장의 초대장을 목소리로 받았습니다. 국제전화도 아닌, 시외전화도 아닌, 공중
전화에 50원을 넣으면 금방이라
도 확인할 수 있는, 같은 도시
에 사는 당신의 전화에 초대
되었습니다.

인연도, 우연도 아닌 그냥
어느 날, 정말, 어느 날 갑자
기.

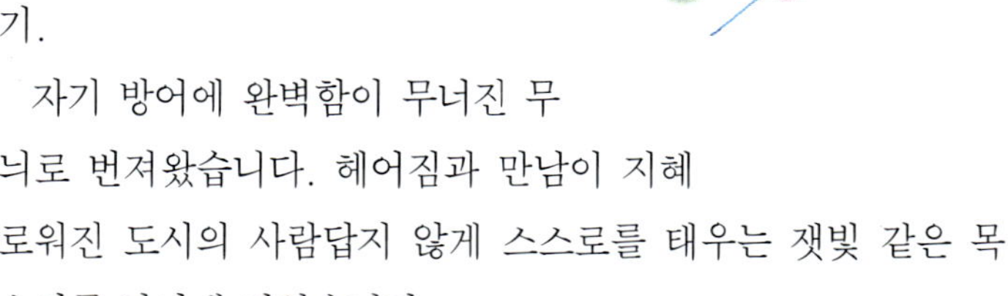

자기 방어에 완벽함이 무너진 무
늬로 번져왔습니다. 헤어짐과 만남이 지혜
로워진 도시의 사람답지 않게 스스로를 태우는 잿빛 같은 목
소리를 만나게 되었습니다 .

길고 복잡하게 엉킨 날들 속에 만난 단 하나의 선, 당연하다
고 느꼈던 사소한 생각이나 물건, 바람 한 점까지도 남다른 의
미로 다가오게 하였습니다.

삶의 소중함을 일깨우며 3개월이라는 짧고도 긴 아침 시간을 행복의 전율로 울리던 전화벨 소리.

대충을 용납하지 못하는 꼼꼼한 성격과 빈틈없는 끈질김으로 전해온, 우표를 붙이지 않은 울림의 초대장.

몇십년을 길들여 온 나의 소신마저 팽개치고 싶을 만큼 만질 수도 볼 수 없이도 존재할 수 있는 사랑의 선이라는 공간을 넓혀 갔습니다.

당신의 초대장 속에서 들려오는 예외적인 관용의 언어로 뻐꾸기 시계가 웁니다.

당신의 시계도 정확하게 맞부딪칠 긴 바늘과 작은 바늘의 일체 속에 공간 같은 0시가 웁니다.

시간이란, 순간에서 순간까지의 거리를 말하며, 내적인 정밀성을 밖으로 표출하여 느끼게 해주는 믿음과 신뢰를 응집시킨 신용장은 아닌지?

확실하고 명료하게 울지 않으면 뻐꾸기 시계가 아니듯 흐려지던 전화벨 소리에서 자취를 감추는 신호음으로 바뀌어갈 때, 이미 나의 뻐꾸기 신용장이 아니었습니다.

'당신의 소리는 고장 수리 중.'

원인 불투명이란 진단 아래 증상을 지연시키는 임시 처방만이 가능한 …….

특효약을 얻을 수 없는 병을 앓고 계시다면 '그대'라는 병원으로 찾아가 보세요.

# 쉘부르

　겨울의 시작이다. 첫눈이 내리기
전이다.
　서울하고도 북쪽 끝 강북
에 살고있는 나는 한강의
남쪽 어디쯤엔가 자리잡
고 있는 쉘부르 거리를 찾
아가지 못한다.

　차근차근 약도를 그려 설명
해 주어도 그 자리에서는 금방 찾
아갈 것 같기도 한데, 막상 운전대를 잡고 움직이는 순간 혼
란이 온다.
　머리속에 입력되어 있는 거리가 아니면 등허리에서 식은

땀이 흐르기 시작하고 가슴이 두근거리며, 허둥대는 동공은 신호위반과 횡단보도 안에서 급정거를 하기 일쑤다.

실수를 여러번 반복하다가 결국 왔던 길을 다시 돌아오느라 애를 먹은 경험이 한두 번이 아니다.

길눈 어두운 것이 문제도 되지만 늘 다니던 익숙한 길이 아니면 갈 수 없다는 고루한 생각이 앞서기 때문이기도 하다.

모험을 하지 못함에서 오는 겁쟁이 기질과 낯선 것을 거부하는 단점 아닌 단점이 남아있기 때문이다.

예약없이 들어선 거리, 예약은 없었지만 신문광고란을 섬세하게 오려 가지고 온 차분한 사람이 있었기에, 차분하다기보다는 함께 가는 사람을 위해 배려를 해준 꼼꼼하며 마음씨 좋은 사람이 있었기에 예약 아닌 예약, 예약보다도 더 소중한 깊은 마음에 감사를 했다.


유익종의 노래가 흐른다.

제목도 가사도 처음 들어보는 운율이지만 잔잔함으로 짙게 깔리는 카페 분위기로 보아 시간대를 잘 맞추어 들어온 느낌이다.

빈자리가 없어 보조의자를 가져와 구석진 자리에 임시로 앉아야 하는 불편함도 있었지만 오래지 않아 자리가 났다.

불편한 구석에서 기다린 덕에 무대가 바로 보이는 위치 좋은 자리에 앉을 수 있었다.

불편함을 기다린 시간 덕분에 짧은 기쁨도 얻을 수 있는 한달만의 외출과도 같이.

야윈 당신의 모습은 의자가 깊다는 생각을 몰고 왔다.

햇빛처럼 눈부신 네온의 거리, 알코올의 운기따라 골목 전체가 술렁이기도 한다.

웬지, 석연치 않게 눈물났던 것, 녹아드는 전자올갠 소리

에 섞여 혼미하게 흩어진다.

 허락받지 않아도 되는 방황과, 버림받은 것들까지도 위로받을 수 있는 저녁이다.

 30년 만에 떨어진다는 별똥별을 보려고 기다리던 긴 날들보다 애태우며 지켜보는 한두 시간이 더 초조하듯, 누군가를 그리워했다.

 좋으면 좋은 만큼의 대가로 드나들었던 그리움의 아픔만큼이나 희석되지 않으며 달려드는 상처의 부스러기들, 미세함마저 그리웠던 지난 계절 내내 타협하지 못했던 것들, 허허로운 마음으로 날려보냈는데.

 화려한 가을의 끝에 매달려 떠돌다가 눈이 되어 다시 떨어진다. 다시 적신다.

 첫눈이다.

 첫눈 맞을 생각으로 기다리는 바보가 되어도 좋은 사람을 닮은 첫눈이 하필 오늘 내린다.

 눈이 오는 날에 전화를 걸지 않았다고 다투며 화해를 거듭했던 기억을 묻으며, 무작정 기다리는 바보증후군에 춥고, 시리고, 얼어붙어 꼼짝할 줄 모르는 하나에 대한 중증에 걸린 사람.

 경건함이나 신비함이 깃들어 있는 것도 아니고, 독창성이

나 관대한 배려로 감싸안는 따뜻함도 아니요, 톡톡한 개성
으로 멋있게 황홀할 수 있는 것도 아닌, 쉘부르의 분위기 닮
은 사람으로 인해서 아무래도 외출을 시도한 나는 예전에
없던 또 다른 겨울의 입구에 들어서 있다.

　서슬 시퍼런 새것이었을 때 마음 휘저어놓던 젊은 날의 만남.
　그 길에선 풀잎 냄새가 난다.
　그것은 진정 새벽을 갓 지나온 오전의 햇살이다.

# 오래된 닷새

　피리를 분다. 어느 때부터 어느 때까지의 '사이'라는 내용이 함축된 악보를 놓고, 피리를 분다.

　울면 만사가 형통한다는 피리의 기도를 담아 다섯 가의 구멍으로만, 조심스럽게 손가락을 움직여 조금은 거칠은 음을 내어도 만져지는 것들에 대한 의미를 소중히 손을 떼지 않을 것이다.

입으로 불어서 들을 수 있는 거리에서는 다섯 밤을 넘기지 말라는 기도를 한다. 그 동안이라는 '그' 자가 빠진 분명한 날짜와 시간이 담긴 내용으로 일상 속에서 자주 마주치는 이웃이나 식구에게 '그 동안 잘 있었어, 잘 있겠지.' 하는 의례적이며 통과적인 말이 아닌 아무 일 없이 잘 지냈지라는 거리가 좁혀진 신뢰의 음성으로 …….

사람을 기다리며, 소식을 기다리며 다섯 밤과 낮을 지낸 적이 있었다. 사람과 사람이 만나서 분명한 관계로 끝날 수 없을 때, 날짜와 시간의 개념은 그 문제에 몰입하여 최선을 다할 때와는 달리 엄청난 조급함이 앞설 것 같다.

같은 문제, 같은 감정을 놓고 함께 공유할 때 하나의 답을 얻을 수 있지만 기억 저쪽으로 방향을 바꾸는 사람에게 시간과 날짜는 서로를 괴롭히는 일이다.

　나의 한계는 닷새, 아직은 잃고 싶지 않은 부분이 남아있어 닷새 이상은 지옥이다.

　그러나 모든 용서와 반성과 너그러움도 닷새의 시효기간이 지나면 '무'가 될 수도 있다.

　취향이 맞지 않는 음악을 길게 오래 듣는 괴로움보다 짧게 이어지는 단음일지라도 내가 좋아하고 느낄 수 있고 빠질 수 있어 마음의 울림으로 다가올 수 있는 만남이라면, 좋아할 수 있고 아끼고 싶은 쪽으로 기울어질 것 같다.

　불굴의 투지는 모든 고난과 공포와 비극을 극복함으로써 마침내 승리의 개가를 구가하는 이념이 잘 표현된, 베토벤의 교향곡 중 '운명'이라는 명곡을 들을 때 하고자 하는 정복과 성취감을 갖게 될 것이며, 안단테 칸타빌레 콘모토 F장조의 느낌처럼 아름답고 조용하며 전원시적인 선율이야

말로 마음 한켠에 숨어있는 구석진 감정마저 자유로워질 수 있는 여유로움으로 술렁거리지 않을까?

정복과 조화, 이성과 감성, 남성과 여성의 만남도 어쩜 정복과 조화의 관계는 아닐까 짚어본다.

새로운 만남일수록 그 가치가 신선하고 협조적이며 호기심을 불러일으키는 느낌의 순간까지를 관계의 처음과 끝이라 한다면, 어느 한쪽에 있어서는 절대적 가치의 중요성과 우월감마저 상승하여 자기 존재에 대한 소중함을 새삼 느낄 수 있는 것이다.

거기에는 정해진 규칙도, 오류도 없을 것이며 자신들의 생각이나 행동만이 규범이며, 규칙이고 윤리인 것이다. 그러므로 속된 말로 남이 하면 불륜이, 내가 하면 로맨스라는 말이 생겼다. 그러나 어떠한 목적의식이나 타산적 내용이 들어있는 만남이라면 그것은 로맨스라고 할 수 없을 것 같다.

자유주의적인 공상이나 현실을 토대로 절대적 순수라는 말이 허용되는 관계에서는, 인간과 인간의 만남을 이어가는 데 실책이 없는 물음일 것 같다. 무조건적인 이끌림에서 비롯되는 이유없는 관계야말로 인간에게 없어서는 안될 기본적 자세가 아닌가.

시작과 끝이 보이기 시작하는 두세 단계의 과정을 통과하게되면 대부분의 관계에서는 끝이 난다.

지나간 시간들의 기억은 물리지도 못하며 덧정없이 헤어지는 관계로도 갈 수가 있는 것이다. 물론 그것이 아닌 애절함을 두고 어쩔 수 없이 끝을 내고 바라보기만 해야 하는 관계도 있을 것이며, 평생동안 가슴에 안고서 아파해야 할 눈물겨운 그리움의 향기도 있을 것이다.

모든 만남이 끝이 날 때, 특히 남과 남으로 돌아서야 하는 사이에서는 정복과 조화가 다시 떠오르게 된다.

스스로 원해서 먼저 문제를 제시했던 쪽에서는 원하는 만큼의 목표가 있었으니 정복했다는 생각도 없지 않을 것이며, 반대적 입장에서는 개인적 감정의 주관없이도 몰입되어 좋은 관계로 조화를 이루려 애쓴만큼 커다란 상처를 안을 수 있는 짐이 되는 것이다.

한 가지의 문제로 서로 만나서 두 가지의 내용을 담고 하답도 찾지 못한 채 각자 자기 앞으로 가라는 귀로에 서게 되면, 백이면 백 정복이 아닌 조화를 택했던 약한 쪽에서 단호하게 끝맺음을 하기란 엄청나게 힘든 일이다.

'울지마 울지마 우는 것은 싫어 처음 만났던 그때처럼 웃으면서 헤어지자'는 대중가요 속의 노랫말조차 구원의 명언이 되어 가슴을 파고들 것이다.


피리를 분다. 여러 개의 잔구멍을 내고 그 구멍을 막았다 열었다 하면서 음조를 이루는 피리가 아닌, 길고 길었던 울림의 5일, 오래된 닷새라는 기다림을 분다.

# 바람 그리고 시

야행성 기질이 있는 나는 남들이 잠자리에 들 시간이면 여지없이 일어나 쥐죽은 듯한 집안과 내 안의 세상(잠들었을 때 고요했던 세상)까지도 뒤흔들며 수선을 피운다.

간헐적으로 스치는 바람소리나 창문 흔들리는 소리는 어느 때부터인가 오랜 친구인양 익숙해져 있으며 때로는 귀기울여 기다리기까지 한다.

마치 먼 길 가다가 때아닌 친구를 만난 듯 반갑기도 하고 별빛 밝은 날 고요가 찾아와 창문 흔드는 소리가 들리지 않으면 은근히 걱

정을 하기도 한다.

특히, 겨울바람일 경우에 창문 흔드는 소리는 기다리던 애인이라도 찾아온 듯 무의식적으로 놀라 재빠르게 창문을 연 것도 한두 번이 아니다. 바람은 잠도 자지 않는다.

바람은 시와 많이 닮았다. 시도 때도 없이 불쑥 찾아와 데를 쓰고 자취를 감추었다가 기분 내키는 대로 몇날 며칠을 사라지기도 하고, 등 따뜻하게 살만하면 편안함을 거부하며 성질머리 더러운 본색을 드러내놓고 한곳에 정착하기를 거부하며 툴툴 털고 일어서서 가버린다.

질서없이 덤벼들며, 목적 없는 질주, 그 자체로도 삶의 여한이 없는 듯 보이기도 하지.

나는 그 질주를 따라 떠날 준비를, 각오를, 매일 밤 한다. 맨발로 따라나서서 자갈길을 가는가 하면 신을 챙겨 신지 않고도 걸을 수 있는 물위를 걷기도 한다.

물위를 걸으며 우주를 도는 그 새로운 불규칙과의 만남
눈을 뜨면 돌고 돌아서 제자리에 와있을 것을 알면서도 밤
새 창가에 불을 밝혀놓아도 그림자 하나 던져주지 않는 바
람에게 마음을 빼앗기는 어긋남의 황홀.

굳이 이유를 끌어낸다면, 그래도 물위를 걸을 때는 너에
게도 진실을 파고드는 고요가 있었다는 것. 나를 향해 고여
있는 간절한 눈빛과 진실로 일렁이는 물결의 빛남이 불규칙
과 어긋남을 긍정할 수 있는 것이었다.


바람도 시도 비를 맞는다.
비를 내리기 위해 존재하는 하늘이거나
비를 맞기 위해 불어오는 바람이거나
비를 피하기 위해 잔꾀를 부리는 무명의 시이거나

　세 가지를 다 동반할 수 없는 나는 규칙을 벗어난 길을 내 안에 가둔다. 그러나 나는 자유롭다.

　가늠하기 어려운 허공을 짚으며 내가 가두어놓은 자유 속으로, 비 속으로 거닐 수 있어서 좋다.

　잔꾀란 때론 지혜도 되지만, 극약이 될 수도 있는 것.

　그러나 나는 자유롭다, 시처럼 바람처럼.

　자유롭지 않았음에도 불구하고 자유롭다고 믿는 사람만큼 완전한 노예도 없듯이라는 말이 있다 해도, 그랬다 하더라도 나는 나의 영혼이 살아있는 바람과 시를 자유라고 부르고 싶다.

　사랑이라 부르고 싶다.

　늘 나의 창가를 맴돌며 지켜주는 바람, 별빛 시린 겨울에도 느낄 수 있는 너의 냉랭함을 오히려 따스하게 저려오는 부활이라고 느낄 수 있지.

낮에는 시로 하여 실망하고 상실한 환상을, 밤이면 바람이 몰려와 위로해 준다. 가장 솔직해질 수 있는 어둠은 적어도 시가 바람인 척 바람이 시인 척은 아니리라.

우리가 함께할 수 있는 경계도 없고 집도 없는 떠돌이 시라고 해두자.

그러나 기다릴 줄 안다.

기다림이 얼마나 어둡고 무서운 것인지 속속들이 알고 있다 .

기다림 속에는 서로를 가두려는 사랑이 함께 있다는 것도 알 것 같다.

풍향계가 없어도 우리는 서로에게 가는 길을 잘 알고 있다.

# 아웃사이더(outsider)

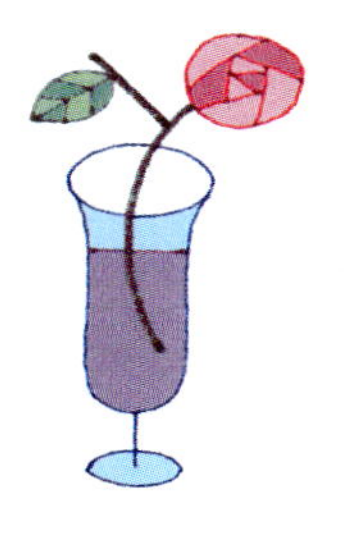

눈물까지 내어주던 이끼의 고백을
들어 보셨나요?
　길보다 낮은 논두렁에 엎드려
무너지는 하늘을 느껴본 적 있
었나요?
　제 몸속 끝간 데 없이 비워내는
이끼의 고백을 들을 수 없는 귀를
가졌다면, 구름 짙게 깔리는 논두렁과 하
나가 되어 그 상처의 깊이를 느낄 수 없었다면, 당신은 나의
질서를 거부하는 아웃사이더.

　건조한 목줄기를 타고 넘어와 빈속으로 파고드는 칵테일
의 첫잔, 그 성급함을 좋아하는 나를 무안하게 하지 않으려

고 두 잔의 술을 청하는 사람.

　부족한 자신을 감추기 위한 수단으로라도 더욱 가까워진 청하와 진토닉, 맨하탄.

　가죽장정의 메뉴판 맨 뒤쪽에서 순서를 기다리는 지리함을 덜어주는 대신 그 빛깔이나 맛에 무슨 의미가 담겨있는지 모르는 것이 속편함으로 느껴지는 무지의 메뉴로…….

　화려하지 않아도 좋을 당신의 잔치에 초대되고 싶은 심정으로.

　떨리는 손을 진정시키며 외로운 위선을 마신다.

　초대되지 못한 파티에 끼어 주객이 된 기분같은 시간과, 규격봉투를 밀어낸 백지장의 허허로움으로 우회하는, 비가 맹자같은 불규칙한 만남.

　꿈을 넘어오는 칵테일빛 여운이 아닌 꿈 저밖으로 분리되는 과일주스의 텁텁함을 남기고 돌아가는 사람.

규칙과 혼란을 무서워하며, 어디에도 소속되어지는 억개임을 못견뎌하는 어눌한 표정을 읽을 때 가슴깊이 저며오는 칼끝같은 두려움.

어쩔 수 없이 이해하는 것과 당연히 받아들이는 것의 차이는 하늘과 땅만큼이나 격세지감(隔世之感)나는 내용이다.


외곬인 내가 후퇴, 양보 또는 후퇴하며 내어준 땅에도 깊게 스며들 수 없다는 것.

이별의 끝에 서있는 이들에게

시작의 맹세는 밤을 위한 해질녘의 노을빛과도 같은 것이라고.

사랑의 가장자리로 밀려난 이들에게

포기와 미련을 놓고 싶을 땐 놓아 버리라고 …….

# 기억의 꽃잎은

오랜만에, 아주 오랜만에 청하를 한 컵 마시고 향수도 한 방울 묻혀보았다. 마음을 찌르는 향기 속에서 퍼져 나오는 기억의 실마리를 잡고 눈물 흘러내렸지.

이봄, 노오란 꽃잎이 핀 난을 담은 도자기 화분이 배달되어 왔다. 보낸 이를 밝히 지 않은 …….

그렇게 반가워할, 그렇게 흥분할 꽃이 아니라는 것을 나는 너무나 잘 안다. 봄과 난이라 …….

아픈 기억을 갖고 같은 길을 가려 는 사람은 이 세상이 미쳐 버린다 해도 없을 거라 믿고 싶다.

흐드러지게 피어오르다가 여름이 오면 한잎 두잎 떨어지다가 겨울이 가고 또 다른 봄이 오면은 줄기만 앙상히 남는 것.

살아있는 것은 받지 말자고 했는데, 얼결에 받았다고 하자, 기억의 꽃잎을, 줄거리를, 잎새를 다시 안는다 …….

나는 시인이며 글을 쓰는 마음 여린 사람이다.

눈물과, 엷은 감성과, 번뜩이는 이성이 자리잡고 있는 복잡하고 미묘한 글쟁이이다. 서러우면 서러운 대로, 즐거우면 즐거운 대로 마음 맡기며 살아가는 평범한 여인네는 아니다.

꽃잎 하나에도 마음을 베일 수 있는가 하면 서슬 퍼런 칼날에도 굴하지 않을 수 있는 오묘함과, 복잡미묘함과 단순함을 갖고있는 사람임에 틀림이 없다.

혹시, 나를 기억 안에 가두고 있는 사람이 있다면 마음으로만, 정신적인 이상으로만 내 영혼과 만나기를 빌고 싶다.

비릿한 현실과 겉으로 드러나는

위선이나 달콤한 말놀이는 용서할 수 없는 숙제로 남겨두고 싶다. 내 생각과 사고가 어수룩하다고 현실과 동떨어진다고 몰라도 한참 모르는 꿈속이라고 수군대거나 비웃어도 좋다.

각자의 생각에까지는 내가 책임져야 할 영역이 아니므로 내 생각이 편협적이고 모던하게 산다고 남에게 해를 준 적도 없고, 알아 달라고 애걸해 본 적도 없으니까.

고개 돌리고 싶지 않은 일들이 비일비재한 지금 이 세상을 눈 똑바로 뜨고 들여다보자. 얼마나 두렵고 소름끼치게 징그러운가.

어쩜 무서워서 외면하고 싶다고 해야 옳은 말이 될 것 같은 이 세상에서, 풀꽃같이 조용히 아주 조용히 있는 듯 없는 듯 그렇게, 내 사랑도 나만이 가꾸고 꽃 피우며 열매맺고 그 열매가 씨앗이 될 때까지 간직하면서 살고 싶은 소망은 아마도 죄가 되지 않으리라 생각된다.

무서운 사람이 있다면 분명, 아름다운 마음씨를 가진 사람이 더 많을 것이니 그래도 아직은 살만한 세상이 아니던가라고 위로하며 마음 달래고 싶을 때 선물 받은 열네장의 CD를 나는 더욱 아끼고 사랑하게 된다.

그 음악과 노래 속에서 나의 빛깔과 향수(poeme)와 그리움이 녹아있는 살점 같은 보석들이 전파를 타고 빛을 발하기 때문이다.

내가 앉아서 타이프를 치고있는 앉은뱅이 책상에서 고개만 약간 들어도 마주 닿는 가까운 거리를 두고 우리는 함께 슬퍼하고 행복해하기도 한다.

열네장의 CD 속에는 poeme 향기보다 더 강하고 진한 공간을 만들며 나를 부른다.

오랜만에 아주 오랜만에 행복해지려는 나의 행복을 누가 엿보고 있지나 않을까 왈칵 겁이 나는 날이다.

기억의 그 꽃잎도 오늘만 같으라 ……

# 잃어버린 미소가 기다리고 있을

고독해지리라, 푸른 들판에서 너의 전부를 차지했던 속죄의 자세로 나를 알고 있던 모든 낯익은 것들로부터 외로워져야 할 때인 것 같다.

한여름 강렬했던 태양이 끓어넘칠 때, 몇십 미터 지하에서 새로운 물을 끌어올리며 적당한 양분으로 꽃 피우고 잎새 흔들던 뿌리의 고통과 부피로 기다려 보리라.

나뭇가지에서 떨어지는 잎새보다, 멀어져 가는 이보다, 보내는 이가 더 절실하게 신열을 앓으리라.

호되게 앓고 난 후에 정신이 맑아지듯, 수만 가지의 그리

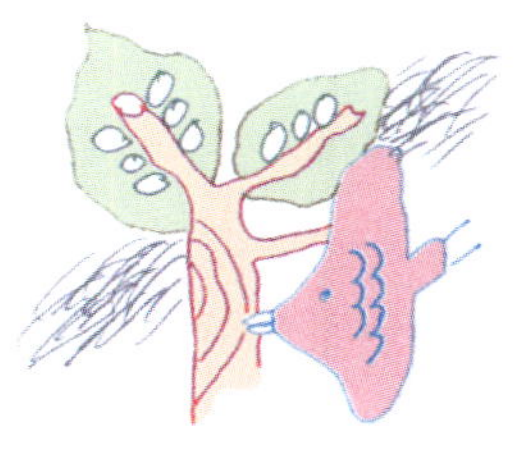

움을 간직한 가을이 환하게 눈 떠있고 당신이 넓혀놓은 익숙한 향기의 여운이 퍼져있는 한 아직 내게서 떠나지 않는 절대적 안타까움이리라.

마음먹기에 따라 이룰 수 있는 젊음과 자유로움이 아닌 어려운 상황에서 거리를 좁혀 온 사람.

자신도 놀랄 만큼 늦게 발견한 마음의 변화를 조건 없이 들어찬 느낌을 표현하지 못하면 속으로 앓고 앓아야 할 때

하필이면 왜 가을이었어야 했는지 ?

왜 가을을 닮은 이가 되지 않으면 안되었는지 ?

그것은 만남으로 인한 두려움과 같은 것이기도 하다.

만남이 있었다면 헤어짐도 있다는 우주적 원리보다 더 혼란스러움을 겪고 깊이 깨달을 수 있는 주관적인 2차원의 세계가 아니었던가.

만남이라고 해서 다 행복하고 좋은 것만일 수 없듯이,
오래 이어질 수 있는 관계란 깊이 이해하고 많이 양보해
야 하며 못본 척 넘어가야 하는 뼈아픈 순간들
로 제 가슴을 제가 도려내는 슬픔의 격정
을 겪어가는 과정 속에 있다는 것을 잘
몰랐었다.

아련한 마음으로 치닫기만을 갈망
했고 이해와 용서보다는 처음부터
인정하지 않겠다는 받아들임과 배
타한다는 확실한 극과 극만을 요구
했고 또 행동으로 보여주었다.

그것이 아니면 끝내도 좋다는 배
짱과 용기가 어디에서 그렇게 끊임
없이 솟아났는지, 상대에 대한 열정
과 절대적임에는 찬사를 보내야 좋겠
지만, 그것으로 인해 상대가 느끼는 고
통과 자신을 되집어보는 좋은 교훈이 되기
도 했다.

당신과 만남이 지속되는 날까지만 응용되는 이기적
인 내용이 담긴 사전, 당신을 향한 사랑의 부피만큼, 아니

그보다 몇 배 더 왜 그렇게 섭섭한 것도 많았으며 이유없이
도 몰려오는 감당 못할 슬픔들.

행복한 잠시의 순간이 지나고 오는 허탈로 인해 눈에 보
이는 거리를 좁히려고 많이도 투정과 억지를 부렸다.

그 과정 속에서도 야물져 가던 만남.

아무리 불편한 악연이라 할지라도 한편에서 양보하며 마
음 저끝에서부터 우러나오는 진정한 애정과 진실로 감싸안
는다면, 굳게 닫혀있던 쇠 철문이라 할지라도 서서히 열리
지 않을까 ?

표현에 인색한 내적인 성격을 평범하게 살아오지 못한 그
사람의 세월 속에서 어쩔 수 없이 배어 나오는 어둠의 그림
자로 감싸안아야 했다.

겨울을 보내고 봄을 맞이하듯 …….

행동으로 보내는 조용한 성의와 잔잔함을 목메임으로 받아들여야 했다.

봄에 익숙해지며 …….


철딱서니없는 이기적인 생각이나 억지로, 투정조차 마음 놓고 드나들지 못했던 걸림돌이 많은 길 .

내가 차지해야 할 영역이란, 아픔을 느낄 겨를 없이 후딱 지나가야 통과할 수 있는, 처절하게 부딪쳐야 지나칠 수 있는 산고의 눈물과 희열처럼……  .

여름내 가슴앓이를 했다.


그러나 당신이 살아가는 동안에 가장 애뜻한 자리에 머물고 싶은 만남이 되려고 세밀하고 뜨겁게 다가올 공간을 비워 놓았다.

퍼담을 수 없을 만큼 큰 꿈들이 형상화되기도 전에 현실에서 맞부딪치는 상실로 인해 지혜와 도덕마저 놓쳐 버리고 떠돌아야 하는 길 잃은 나그네로 말이다.

가을의 깊은 골짜기에 길은 없는가.


무엇인가 끓어넘치는 끼와 충동적 욕심을 부리면 안되는

나의 동산에 풀을 심고 나무를 가꾸면서 내가 부어주는 물로만 키우려 했던 나무만 보고 숲은 돌아보지도 않겠다는 진부한 생각에 머물러 있었다.

다시 겨울을 느끼며 비켜 가야 할 길을 잘못 들어선 타인처럼…….


이제는 꿈의 창과 현실의 창을 활짝 열어 젖힌다.

싸늘한 공기가 움츠렸던 삶만큼이나 강하게 이마를 스친다.

시원함마저 느껴지는 이 순간, 마음의 문 또한 크게 열어 너를 밖으로 떠나보내려 한다.

칼날 같은 바람도 잠시 나의 창을 두드리며 지나갈 것이다.

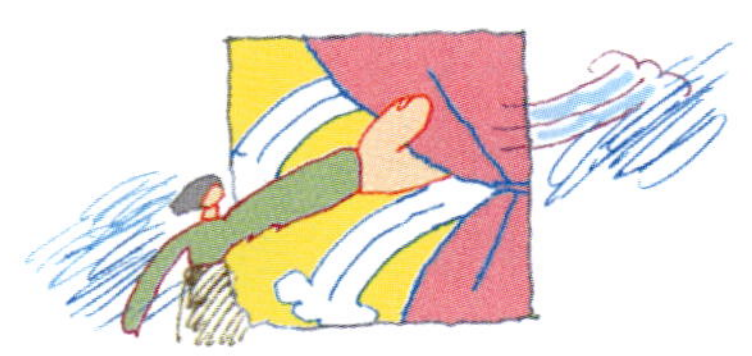

　나무와 풀이 푸른 동산을 만들 수 있게 되기까지는, 따스하게 몸 녹여 안아주는 봄비도 와 주어야 하고, 폭풍우 치는 번개와 소나기를 피해갈 수 있는 힘의 근원이 될 때까지, 신열을 앓아 핏빛 단풍에 젖어도 보아야 할 것이다.

　내리쬐는 햇빛으로부터 익숙해져야 하는 과정을 겪고 난 나무숲은 푸르고 무성해서 자기보호색을 뚜렷이 가지게 되고 밖으로부터, 낯선 이들로보터 보호받게 될 것이다.

　계절에 관계없이 꽃피고 지는 아파트 베란다에 갇힌 수국처럼 남을 이해하는 폭이 좁은 데 길들여져 있는 나는 자연스럽지 못한 경직된 말들, 듣고도 삭혀야 하는 상황으로 인해 예민한 청력을 한동안 많이 울게 했다.

　푸른 들판에 서있는 나무를 송두리째 차지하려고 값나가는 멋진 화분으로 옮기려 했던, 유리문을 꼭꼭 닫고 혼자만이 차지하고 싶은 소녀적 환상에 젖어 마음을 떨면서 아끼기만 했던 너.

누가 뭐라해도 나에게만은 절대절명의 생명이었던 너를 떠나 보낸다.

창문 밖 우거진 숲의 품으로.

잃어버린 미소가 기대어 있을 너의 넓은 어깨를 그리며.

추억과 그리움을 꺼내들고 가끔 찾아가, 짧은 순간의 행복도 놓고 오리라.

　　물위를 걸으며 우주를 도는 그 새로운 불규칙과의 만남. 눈을 뜨면 돌고 돌아서 제자리에 와있을 것을 알면서도 밤새 창가에 불을 밝혀 놓아도 그림자 하나 던져주지 않는 바람에게 마음을 빼앗기는 어긋남의 황홀.

　　풍향계가 없어도 우리는 서로에게 가는 길을 잘 알고 있다.

밤새 두드려대던 전동타이프와 휴전을 하고 맞이하는 새벽, 맞이하는 새벽이 아니라 버티는 새벽이다.

방안 가득 지독하게 배어있는 마시다가 남긴 커피냄새, 고서(古書) 속에서 풍기어 나오는 찌든 잉크냄새의 반란, 여행지에서 누군가가 찍어준 인물 사진의 환한 미소, 밀착되지 못하는 두꺼운 사전들은 내가 밤을 새는 동안 같이 견디어 주는 유일한 친구들이다.

누구나 어떠한 것으로도 대신할 수 없는 자기만의 냄새와 빛깔이 있을

것이다.

나만이 느낄 수 있는 향내 속에 어리는 추억의 향기, 또는 삶의 내용이 담긴 끈적한 여운의 냄새.

살아오는 동안 비누냄새 이외에는 한번도 가져본 적이 없는 나는 비밀의 향기라는 의미를 둔 향수 한 병을 생일 선물로 받았다.

작년 1년 동안 손수건이나 재킷에 조금씩 뿌리며 그것도 선물한 사람을 만날 때 외에는 어떤 용도로도 뿌려 본 적이 없다. 외출이라고는 전혀 없는 나에게 그 향기를 뿌리는 날의 외출은 특별한 날이었다.

내 안의 전쟁으로 마음이 온통 북새통이었을 때 서재 방에 한 두 번 뿌려 위로를 받은 적은 있다고 고백한다. 아직도 그 향수는 3분의 1정도밖에 줄어
들지 못했다는 것도 밝히고 싶
어진다.

여름이 끝나갈 무렵 끔찍이
믿고 있다고 생각한 사람에게
서 서로 시간을 갖고 생각해
보자는 한 통의 전화를 받고 한
계절을 모두 고통으로 보낸 적이 있다.

초가을에 연락이 끊어져 겨울이 오고 두꺼운 버버리 코트 걸치고 다시 만날 수 있을 때까지.

올해의 지금은 등줄기 아직 시퍼런 9월 말, 윤달이 낀 절기를 기억 못하는 양력 같은 관계로 이어진 여름의 끝과 초가을이 혼합된 보이지 않는 가을이다.

작년 10월 내내 앓았던 단풍앓이, 낙엽이 상해가듯 나 자신을 갉아먹으며 아팠던 폐쇄적이며 건조한 생활이 지겨워질 때, 가끔 찾아가는 저수지 허리에 생각을 머물게 해놓고 묻고 또 대답하고 몇 시간, 몇 번인가를 되물으며 확답을 지으려 했다.

그런데 잎새가 다 떨어져 뼈마디가 드러난 나무들 사이로, 아니 정확하게 저수지 건너편 야산 숲속에 아직 덜 떨어진 단풍이라기보다는 낙엽에 가까운 이파리들이 군데군데 남아 있었다.

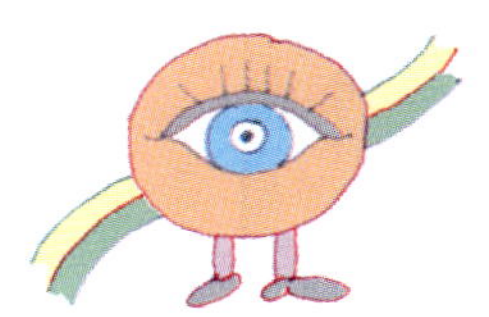

검붉은 색을 띤 잎새가 다 떨어지지 않고 남아 있다는 것을 보는 순간 아! 나는 거기서 다시 당신을 느꼈다.

핑계를 잡으려는 나에게 결정적 단서를 준 것이다.

그래, 아직은 끝이 아닌 것이다. 내 마음을 접지 말라는 의미로 다가온 나머지 잎새들을 보고 다시 한번이라는 시작의 의미를 안고 연락이 올 때까지 기다리기로 했다.

한 계절을 다 바친 가을, 그후 20여 일이 지난 후에 지금 당장 이라는 동사가 붙은 만나자는 연락이 왔다.

가슴 쿵! 하고 몇 번인가 떨어지던 아픔의 가을, 기울기가 불분명한 포기와 집착의 헤메임, 그 무서웠던 가을이 다시 시작하는 것은 아닌지 미리부터 두려운 요즈음이다.

보통의 사람들과 같이 나도 사계절 중에서 가을을 제일 좋아했다. 짧게 지나가지만 화려하고 온화한 가운데 쓸쓸함이 동반된 오래 잡을 수 없는 아쉬움이 드러난 순간들은 성급히 지나가기 때문에 더욱 붙잡고 싶듯이.

걷잡을 수 없는 복잡한 논리로 조심성 많은 나에게 아픔의 여운을 짙게 심어준 우수의 계절.

절대적 사랑도 받아들이는 이에 따라 세상에서 다시없는 귀한 것일 수도 있고 감당하기 힘든 버거움으로 받아들여질 수도 있다는 것을 깨닫게 해준 시간 속에, 상대에 대한 마음의 양이란 재는 이에 따라 무게의 깊이도 다르게 느껴진다는 것.

작년 10월 이후로 기다리는 가을이 아니라, 맞이하기 두려운 계절이라 하고 싶다.


시간 속의 많은 날들을 헹가래친다.

풀어보지 못한, 풀면 안 되는 글자의 비밀을 밀고 당기면서, 당신의 마침표로 남고 싶어 밑줄 그은 날들.

내용과 내용을 이어주는 많은 말들 속에 적절한 부사나 조사이면서도, 줄 밖에서 기웃거려야 했던 좁히지 못한 간격을 욕심이라 했나?

다음 문장의 시작을 허락하지 못하는 마침표란 유일한 것일 수도 있으며 내용에 따라 주관적인 것이기도 해서 쉽게 찍을 수 없는 것.

자기만의 내용이 담긴 글자 뒤에 어떤 부호가 어울리는지, 적당한지, 온당한지, 띄어쓰기를 잘 못하는 나는 알 수가 없다. 약속이란 떨어지다 매달린 낙엽인지도 모른다. 아쉽게, 위험하게, 부피를, 두어서는 안 되는 슬픈 이해의 결정체로 의지한 위태로운 대사.

시간이란, 순간에서 순간까지의 거리를 말하며, 내적인 정밀성을 밖으로 표출하여 느끼게 해주는 믿음과 신뢰를 듬 집시킨 신용장은 아닌지?

# 그때는

현실의 공간과 지고한 정신의 만남, 사랑과 예술을 무너뜨리고도 누군가를 위해서라면 소리질러 찾을 것 같은 그녀가 되어, 손이 떨리도록 뒷머리가 견딜 수 없이 아파 수면제로 보내던 날들이었다.

전파를 타고 들려오는 목소리만 듣고도 울컥 걸리고 마는 기억의 언저리 그 언저리, 옆으로 퍼지는 강변이나 호숫가 공원의 벤치, 남들이 의미를 두지 않고 무심히 지나칠 수 있는 곳을 특정지역으로 손꼽는 나만의 거리와 풍경이었다.

죽은 사람보다 기억에서 지워진 사람이 더 불행한 사람이

듯, 무의식 속에서 찾을 수 있는 사람이 있다면 슬픔으로 충만해진 마음쯤은 실컷 울게 해도 되지 않을까?

사랑이란! 마리화나보다 더 환상적으로 다가와 청산가리를 마시고 자살하고 싶은 궁지에까지 갈 수 있다는 것을 예견해 두지 않으면 안된다.

신처럼 다가와서 왕처럼 살다가 신하처럼 물러서는 사랑이라는 단어 …….

그 단어 안에는 이상한 나라가 기다리고 있어 들어차면 찰수록 비워지고 허기지는 것이 있다.

가까이 다가가면 갈수록 더 멀어지는가 싶어 뒤돌아서면 또 다가오는 《이상한 나라의 엘리스》(어느 날 이상하게 생긴 토끼를 따라 굴속으로 들어간 엘리스가 상상의 세계를 체험하게 된다는 짧은 시간에 꾸는 긴 꿈 이야기)에 나오는

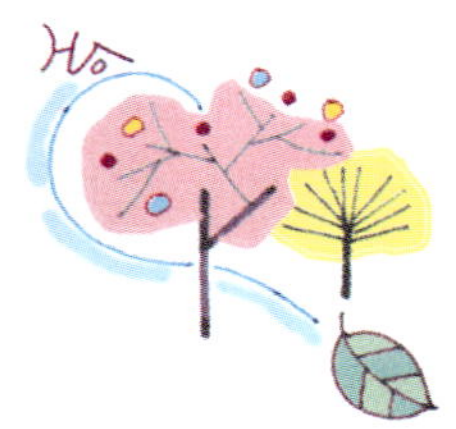

신비함과 오묘함을 동반한 나라.

신기하게도 천국과 지옥이 경계도 없이 늘 버티고 있어 마음먹기에 따라, 생각하기에 따라 하루에도 수없이 오갈 수 있는, 가까운 거리라고 하기엔 너무 평화롭고 모든 천국 과 지옥이 한데 어우러져 존재해 있다고 해야 옳은 표현이 될 것 같은 먼 느낌이다.

자동차 히터에서 스며 나오는 따스한 온기가 차 문을 여 는 순간 움찔하게 어깨짓 하는 추위로 변해오는 겨울의 모 퉁이, 차에서 내린 발등이 몇 발자국 떼어놓기도 전에 급하 게 끌리는 자동차 바퀴소리를 남기며 내빼듯 사라지는 뒷모 습을 보고도, 저리 빨리 집에 가고 싶었을까?

많은 생각을 멈추게 하는 잠깐의 순간에도, 아파트 주차 장 뒤쪽에 쭈그리고 앉아 한참을 울게 했을 억울한 생각이

들어도, 12시가 넘어 깊어가는 어둠을 안은 추위 속에서 엉엉 소리내어 울던 눈물이 서걱거리며 달빛에 얼어붙을 때아 - 이대로 죽고 싶다는 생각의 끝을 잡고 겨울밤을 깊어가게 내버려두어야 했다.

미움도 그리움처럼 깊어지면 진한 사랑으로 다가올 수 있지 않을까 ?

기대를 걸고, 실망을 하고, 또 기다리면서 때로는 젊음이 가지는 특권이라 하기엔 너무 매서운 바람이 휩쓸고 가는 자리.

행복이 복받쳐서 온 세상이 모두 아름다워 신들린 사람처럼 가리지 않고 내어주고 싶기만 하던 마음속에서, 사랑이라는 세상으로 왕비처럼 행복했었다면 자기 목숨을 바쳐도 아깝지 않게 최선을 다했다면, 임기를 다하고 정의롭게 물러나는 충신의 뒷모습으로 돌아서게 되지 않을까 ?

하지만 이미 사랑을 알아버린 사람이 두려움으로 방황하는 사이 또 다른 사랑을 찾게 되지 않을까 불안스럽기까지 하다.

베란다 밖으로 겨울 달빛이 하얗게 부서진다.

그날 그때처럼 ……

# 눈꽃 속에는 분명, 넓은 강물이 들어 있었다

　유난히 많은 눈을 동반한 올 겨울, 앞이 보이지 않아도 퍼 주어 주고 싶던 빛깔 없는 마음같이 눈이 내린다.
　21세기에는 새롭게 시작하라는 징조인가 하는 진부한 성각이라고 단정짓고 싶지만, 그것은 꿈이면서도 어쩜, 현실에서 피고지는 일상일 수 있다는 생각으로 비중이 간다.

어둡고 괴로웠던 1년이 있었다면 놓치고 싶지 않은 한 달도 있었을 것이고, 눈처럼 하얗게 내려앉는 보이지 않는 상처가 있었다면 그 상처 속에 들어있는 붉은 씨앗이 있을 것이다.

바깥세상을 두리뭉실하게 받아들이고 싶지 않은 추운 영혼의 고집에게도 봄을 기다리는 핼쑥한 씨앗이 숨어 있는 것과 같이 …….

현재와 미래가 하나이듯, 꿈과 현실이 같은 맥락이듯 무심히 내리는 눈꽃 속에는 분명, 넓은 강물이 들어 있다는 것을 볼 수 있는가?


그 강물이 보이기 시작할 때 멀리 떠났던 사람은 다시 돌아와도 늦지 않으리, 봄은 그렇게 잊혀져 가는 것들 하나하나까지도 빼놓지 않고 기다릴 줄 알고 있기에 천천히 아주 느린 속도로 다가오는 것은 아닌지?

꽃잎보다 꽃술이 더 많은 봄이 오기를 기다린다.

# 아무것도 깨닫지 않았고, 아무것도 잊지 않았다

1787년 프랑스 혁명이 폭발한 이래 해외에 도피했던 귀족들이 왕정 복귀로 귀국한 뒤에도, 앙시앵 레짐(ancien régime : 구제도)의 정신상태에서 벗어나지 못한 것을 보고 정치가이며 외교관인 탈레이랑 페리고르(talleyrand perigord)가 개탄하여 한 말이다.

"아무것도 깨닫지 않았고, 아무것도 잊지 않았다."

꿈속에서까지 동경하고 있었던 서울이라는 도시는, 엄마가 데려다 준 이모집 옆 자취방의 썰렁함과 낯설음으로부터 어리둥절하게 시작되었다.

아는 사람이 없어서, 외로워서, 그리움이 깊어져서, 어떤

이유에서건  ○○씨댁 누구라는 주소
를 적어서 긴긴 편지를 썼다. 하
루 일과 중에 유일한 희망이기
도 하며 나를 잃지 않게 하는
방패이기도 했던 편지.
  안개에 싸인 절망을 안은
날에도, 혈육에 대한 그리움
에 목이 메어 밥을 넘기지 못할
때에도, 매서운 도시의 인심이 두
려울 때에도 편지 봉투가 터져 나오도록
여러 장을 한꺼번에 넣어 편지를 띄웠다.
  새로움이란 언제나 낯설기를 많이 해야 익숙해지는 것인
가 보다. 관념적인 고향의 하늘에서도 자유분방한 도시의
하늘은 있었다. 서울에 와서도 고향집 앞마당 화초밭 백합
꽃 나무를 걱정했다.
  밤이면 흰 나팔을 진열해 놓은 듯 넓게 퍼져 달빛에 스며
들던 백색의 유희와, 초등학교 다니는 막내 여동생이 걱정
되었다. 혼자 먼 길을 걸어서 등교할 꼬마 동생이 눈에 밟혔
고, 가을이면 달빛 받은 문풍지 너머 마른 가지 서걱이는 소
리가 그리웠다.

　뒷동산 밑에 자리잡은 우리집은
유난히 나뭇잎 소리와 샛바람
소리가 크게 와닿았다.

　고향 것이라면 초가집 방
천장에서 줄다리기를 하며
짝- 짝 소리를 내던 생쥐 소
리까지도 귀가 솔깃해짐을 느
꼈다.

　저녁 어스름이 몰려오는 깊숙한 서글픔은, 친구가 보고
싶어 죽을 지경에 마음을 누르고 걷던 넓은 행길과 육교 위
에서 내려다본 집들, 늦깎이 대학공부를 끝내고 돌아오는
골목길처럼 아득했다.

　그러나 아무것도 깨닫지 않았고, 아무것도 잊지 않았다.

　왠지 남의 자리에 들어가서 놀다가 돌아가는 소꿉놀이처
럼 다시 돌아갈 곳이 막연한 길 없는 삶이었다.

　버스요금을 아끼느라 몇 정거장은 걸어야 했고, 연탄을
아끼느라 연통 구멍을 꼬옥 틀어막아야 했던 정들지 않는
자취방과, 들어가기 싫은(죽기보다 더 싫은) 부엌이 주는

불편함 속에서도 완전한 자유는 있었다.

그러나 완전한 자유마저 무료함을 낳았고 규칙을 내세운 구속(관심)을 원하기도 했다.

무료함이나 완전한 자유 속에서는 하나에 대한 몰두도 가능했다는 것. 그때 알게 된 것이다. 오직 유일한 내 마음이 한 곳에 쏠리어 잊혀지지 않음(집착)이나 같은 맥락으로 볼 수 있으나 내용을 들어가 보면 다를 수 있다.

직선적이며 사실적인 표현이 있는가하면 인위적이며 정서적(감성적)인 표현도 될 수 있다.

개인적인 상황에 따라 의식이나 이해 깊이에 따라 받아들임이 다를 수 있다는 것이다. 목숨을 내거는 절대적 몰두가 있는가하면 아무리 지독한 일에 처해 있어도 지혜롭게 대처하는 현실일 수도 있다.

어떻게 생각하고 넘어가건 그들 나름대로 현명해진다면 아름다운 하나의 이야기를 안을 수 있을 것이 아닌가.

그러나 나는 그러지 못했다. 하나에 매달리기 시작하면 곧 무슨 전쟁이 일어난 것처럼 몰두해야 했고 전심전력을 다해 절대적 상황으로 몰아갔고, 불같이 치솟기만을 마음속으로 강요당하는 것이다.

사력을 다한 애절한 것이 아니면 아니라는 집요한 관념에 휩싸이게 되면 주위가 어둠에 싸여 볼 수가 없게 된다.

그랬다. 지금도 그럴 것이다. 아마도. 만남이라는 전제하에서는.

미적거리고 미적지근한 관계나 유희는 딱 질색인 것이다. 타협하고 싶지 않은 부분이 많은 고집. 나만의 부질없는 ……

나이 지긋하신 분들의 히든카드를 보게 되면 시골에 내려가서 한가로이 농사나 짓겠다는 사람과, 전원에서 취미생활

이나 슬슬 하면서 병원과 스포츠, 오락, 쇼핑까지 한 곳에서 해결되는 실버타운에나 들어가서 노후를 편하게 살겠다는 사람이 왜 그리 많은지, 실행이 되건 안되건 희망사항으로 내거는 전반이 그런 것이었다.

나는 노후에도 도시(지금 살고 있는) 아파트를 편리하게 정리하고 있을 것만 같다. 도시에 처음으로 오게 되면서 그리워했던 고향의 하늘과 안개가 있었다면, 그리워지는 것은 그리워지게 남겨두고 젊음을 보냈던 이곳을 고향으로 받아들임도 괜찮은 생각 중의 하나가 될 것 같다.

하루가 다르게 변화한 고향에 찾아가서 고향 하늘에 대한 배신감을 느끼는 것보다는, 많이 변한 고향을 확인하고 서글퍼하는 아쉬움보다는, 오래 살아서 익숙해지고 편리해진 상가와 은행, 책방들, 눈감아도 찾아갈 수 있는 얕은 계곡들이 들어차 있는 북한산이 바로 옆에 있어 전원을 느끼게 하여주는 이곳에서 여전히 안개와, 골목과, 시외버스를 따라오며 손 흔들어 주던 그리움의 손짓들을 놓치지 않을 것이다.

그렇다, 세월이 많이 흘러 흰머리가 성성해진다해도 지금처럼 아니, 젊은 날의 기억을 안고 있는 한 나는 아무것도 변한 것이 없을 뿐더러 잊은 것도 없을 뿐이다.

# 앞만 보라구요?

8월의 마지막 주. 처녀시집을 준비하느라 3일을 꼬박 앉은뱅이 의자에 앉아 지냈다.

나름대로는 몇년의 습작기간을 지나 처음으로 선을 뵈는 글이라 조심스럽고 초조하여 뒤적이고 또 들춰보고, 됐다 싶으면 부족한 부분이 많은 것 같아 신춘문예 당선이나 무

슨무슨 문학상 수상 시집하며 근사한 타이틀을 내놓은 시집 몇 권을 들춰보고 비교도 해보았다.

비교해보고 나서 이 정도면 괜찮겠지 하며 유명세 붙은 시집을 덮고 다시 화일을 열어 한장 한장 넘기다 보면, 이것은 이래서 부족하고 저것은 무엇인가 한 줄 텐션을 넣어야 되지 않을까 해서 밑줄을 긋고 돼지꼬리를 붙이고 하다 보니 어깨가 뻐근하고 편두통과 소화불량에 멀쩡했던 손이 떨리기도 했다.

수전증에 걸린 환자가 아니면 무엇인가 큰 잘못을 하그 숨어있는 사람의 증상처럼 가슴이 두근거린다.

하루저녁을 더 견딘 3일째 되는 날, 드디어 병이 났다. 목이 뻣뻣하고 동시에 등을 이어주는 뼈마디가 아프기 시작하더니 목을 옆으로 돌릴 수가 없게 되었고 양쪽 팔이 저려왔다.

앞만 쳐다보면 통증은 덜한데 옆이나 뒤를 돌아볼 수 없게 (아 야 소리가 나게) 아프다. 정말 너무 아프다는 표현이 맞을 것 같다. 사람과 사람이 멀어지면 명치끝이 싸하겨

큰바위 하나 매달린 것같이 가슴이 아픈데, 애써 낳은 자식
같은 시를 세상 밖으로 내놓으려니 목과 등뼈가 아픈 것은
아닐까 ?

앞만 보며 살지 못했다. 그렇다고 옆을 돌아보며 주위의
열린 인연들을 풀어보려 애쓰고 살지도 않았다.
　주어진 대로 운명이라는 허상에 적당히 기대어 내 삶의
무게를 앞에 나서서 이끌어 간 적도, 같이 끌고 가자고 손
내민 적도 크게 없는 것 같다.
　그렇다고 여자가 갖추어야 한다는 조신함과 겸손함도 갖
추지 못했다.

아이 때는 울기를 너무 잘해서 할머
니 등의 삼베적삼을 썩게 만들기도
했고, 깊은 밤 고단하신 아버지
께서는 우는 아이를 안고 나와
어두운 마당을 서성이다가 날
이 훤히 새는 것도 몰랐다고 하
셨다.
울기도 잘하고 입병도 잘나고
또래 아이들에 비해 말도 영악스럽

게 잘해서 동네 어른들이 예뻐해 주셨다 한다.

"저 건너 수리조합에 누가 빠져 죽었나?"

하고 마을 어른들이 물으면

"허동문이와 민봉래 마누라."

하며 오래된 일을 기억해 냈다고 한다 .

울기도 많이 울고 말도 잘하던 아이의 목은 항상 쉬어 있었고, 입병은 노다지 달고 살아서 밥을 먹지 못해 병약한 아이로 부모님의 애를 많이도 태우게 했다.

그러나 어른하고도 나이를 한참 먹은 지금, 받은 정만큼 누구에겐가 전해 줄 때도 되었건만 어디에도 마음 기대지 못해 옆을 많이도 기웃거렸나 보다.

젊은 우울을 그리워했고, 뼈 저리고 아프게 다가온, 그러나 우울과 행복은 내것으로 욕심내지 말아야 할 것들, 투명하고 아름다웠으나 살짝만 건드려도 이내 금이 가 깨지고 마는 위험하며 매끄러운 살얼음과도 같이 모험을 동반한 여운을 남기고 어느 순간 불현듯 가는 것이다.

그래도 우리는 그 과정에 목숨을 걸기도 한다. 젊음이란 기득권으로 말이다.

나는 다행히 깊은 눈을 가졌다. 서른 살이 지나던 어느 해 눈꺼풀이 움푹 들어가더니 다시는 제자리로 돌아오지 않는 것이다. 오늘 목이 아프다. 온종일 쇼파에 기대어 꼼짝 못했다.

아파트 문 한번 열지 않은 침울한 날, 옆에 와서 따라붙는 옆도 보지 마, 저어기 먼 데 옆구리도 욕심내지 말며 그렇다고 지나간 뒤도 돌아보아선 안돼. 다만 목을 조여오는 앞이라 해도 앞만 보고 살라고 하는 그 무엇.

그래, 저 귀퉁이에서 손짓하는 마음 뭉클한 목소리 들려 온다고 그것을 욕심내어 집착하면 내 깊은 눈 속에 감출게, 앞만 보고 슬퍼서 흘리는 눈물은 아무도 볼 수 없을 테니까.

앞만 보며 존재하는 나는 언제나 그 눈 속의 모든 것들고
함께 삶이 고달프고 목이 시린 오후에 나의 눈은 그 깊이를
더해 갈 것이다.

목젖을 울리며 꿀꺽 넘어가는 삶과 눈, 서재 방 전동타이
프와 흰빛의 형광등이 새벽을 기다리는 한 나의 목과 눈은
여전할 것이다 .

밤을 밝히는 모든 이들과 함께.

"여자의 목은 많은 비밀을 간직하고 있지요."

어느 영화의 대사처럼 당당하게 중얼거리면서 …….

# 그리움이라는 옷을 입고

때에 따라서는 어림없는 일인지도 모른다.

장소에 따라 벗어놓았다가 다시 걸쳐 입기도 하고, 아예 팔에 걸쳐 들고 다녀도 불편함이 없는 겉옷이 아닌, 정상복으로 한번 입으면 외출이 끝난 다음에야 벗어 놓을 수 있는 규칙적인 평상복도 아닌, 속옷으로 숨어들고 싶은 것이.

사람의 인연도 옷과 같이 거추장스럽게 스쳐 지나가는 인연이 있다면, 그렇지 않은 경우와 마주치게도 된다.

사회적 배경이나 학벌을 중요시하며 무조건 적으로 상대를 평가하여 선택하고도 자책감이나 양심의 가책을 느끼지 못하는 현실이, 자연스러운 풍토로 흐르고 있는 것은 아닌지?

  겉으로 드러난 눈가림의 화려함이란 그 생명이 오래 지속될 수 없는 것이며, 거추장스러움이 벗겨지게 되면서 사실적 실체가 곧 드러나게 마련인데, 여기에서 근본적으로 차기자신이 지배된 생각의 흔들림이 없는 자만이 사치스러운 허세에 빠져들지 않을 것이다.

  조금씩조금씩 거리를 좁혀 침투해 오는 간첩선처럼 깊이를 잴 수 없는 속도로 번져가게 마련인 사치라는 바이러스에 걸리게 되면, 그 생명력의 질긴 근성이란 극약이 무효하다.

  자수 대신 자폭이나 자살을 택하는 공작원들의 최후 모습을 매스컴을 통해 간간이 보아온 것과 같이, 예방접종이 되지 않은 연약한 구석구석을 휘젓고 다니면서 광기를 한껏 발휘한 다음 제풀에 겨워야만 조금 누그러든다. 사치란 언제나 그런 것이다.

동반자가 되어서는 안될 사람에게 욕심을 내는 것과 같이, 만나서는 안되는 운명이 만난 순간 다가올 것에 대한 버거운 황홀처럼, 우리는 대체능력도 없으면서 사실적 통증에만 주력해 나약함으로 쇠퇴해 간다.

자기 삶을 끌어갈 공허에게 모든 것을 빼앗길지도 모르면서 말이다.

아직은, 실오라기 하나 걸치지 않은 꾸밈없는 알몸뚱이에 진실의 옷을 입히고 싶다.

낡고 해진 정신적 산실이 내재해 있다 해도 나의 분위기에 어울리는 적합한 옷, 적합한 울림이 있는 사람이면 그만이기도 한.

허울좋게 치렁거리는 명예보다는, 향기로운 내음이 코를

찌르는 현란함보다는, 유혹하지 않아도 스며들고 싶은 스스로의 세계를 향해 투기해야 할 목적을 잃어도 좋은 상대에게, 자기 실체를 바로 읽어낼 수 있는, 온몸으로 배어 나온 진실이라는 꽃을 피우고, 나만이 가질 수 있는 기쁨에의 가치를 부여받을 수 있다면.

어떠한 옷이라도 그리워할 마음의 여유를 부려보고 싶다.

나 자신에 대한 감성에게, 이성에게, 매 순간마다 충실해지고 싶은 그리움으로 다가가고 싶다.

# 극소수의 사람만이 절대적 놀라움에 빠져 산다

새벽 3시. 혹시나 하여 틀어본 수도꼭지에서 뜨거운 물이 쏟아질 때, 이름도 얼굴도 모르는 기관실 아저씨가 따스한 정으로 느껴질 때.

무심코 내려다본 아파트 화단 옆으로 세워놓은 차에서 비상등이 깜박이며 약속없이 기다리는 사람을 발견할 때.

놀라움으로 다가오는 절대적 느낌.

느껴지는 것, 느낀 것으로가 아닌 느낌표의 표시가 필요 없는 감정의 표현으로, 아니면 정 경묘사나 마음의 움직임으로 다가서고 싶다.

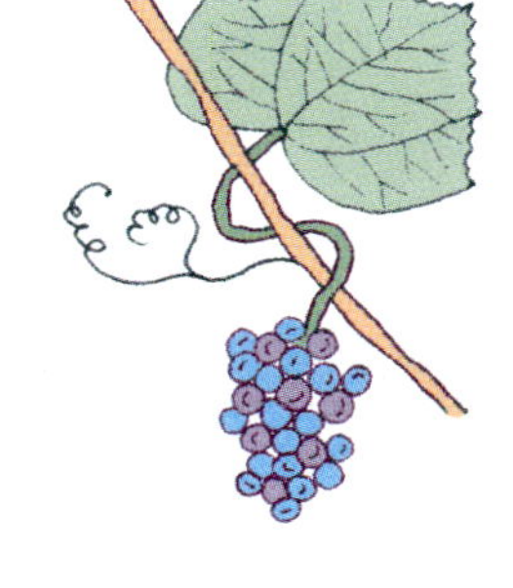

생소하면서 나의 생활 깊숙이 들어차 있는 살붙이 같은 필연의 관계로, 편안함으로, 그러면서도 내 안에서 영원불멸의 불꽃처럼 소멸하지 않는 퍼스낼리티로.

분리될 수 없는 집약의 묶음표로.

그 누군가에게만큼은 극소수의 놀라움으로 남고 싶다.

놀라움의 느낌표 안에서 모든 기관에 퍼져있는 수많은 실핏줄과도 같이, 예측할 수 없는 흐름의 길을 따라 수를 놓듯 끈적이며 번져 가는 세포의 분열로, 넓게 물들여지는 진홍빛 내 젊은 30대의 움직임이고 싶다.

인연이라 말할 수 있는 관계는 종류별로, 느낌별로 많은 만남이 있을 것이다.

대외적으로 폭넓은 삶을 살아가는 사람들에 비해 그 3분
의 1정도밖에 연관된 사람이 부족한 단조로운 삶을 살고있
는 나 자신을 발견했을 때의 빈곤함.

언제나 그랬다. 내성적이며 적극적
이지 못한 소심함이 늘 따라다녀
편치 못했던 것 .

처음 대하는 사람과 낯설기로
보내는 긴 시간이 그랬고, 많은
사람들이 모이는 장소에 끼지 못
하는 어줍잖음이 그랬고.

순한 인상과 바보스러움이 때로
는 강한 장점으로 보여질 때도 역시
그랬다.

칭얼대면 댈수록, 투정을 부리면 부릴수록 꿈틀거리는 끼
속에서 건져내는 것은 훤칠하게 키만 커진 평범한 일상들.
그 평온함조차 견딜 수 없어, 주어지지도 않은 삶의 무게를
끌고 다니느라 힘겹고 지리한 날들이었다. 무한정 날아오르
기만 하다가 걸려 넘어진 곳. 방심하는 사이 그냥 스쳐 지나
가면 영영 못 만날 뻔도 한.

당신이라는 부제가 아닌 존재로서 이름만 들어도 밤새

목이 메어오는 확신에 빠지기 시작하면서부터 그런 생각을 했다.

그렇게 어떤 날에 서서히 들어차 오기 시작했다. 마치 사춘기를 지나는 소녀의 마음처럼, 숨막히게 빠른 속도로 내 몸안에 밀착되어있던 유한의 산소를 밀어내고 들어차 오는 진공의 신세계를 맞이하는 것과 같은 벅찬 환희로.

밀랍되어가는 삶과 살아있음에 대한 감사를 했다.

틱틱거리면서 분별성있던 자존심도, 빈정거리며 선택하던 허세도 그 앞에서는 옴짝달싹 못하며 말 잘 듣는 아이로 변했다.

무모한 지리응답에 자신있게 대답할 수 있는 신뢰와 확신도 갖게 해주었다.

어디에서 밀려오는 설레임인지 알 수 없어 쳐들어오는 두 근거림으로.

단 하루의 추억과 먼발치에서 바라다 본 순간의 모습을 가슴에 안고 일생을 독신으로 살아가는 사람을 보았다.

영화나 소설 속에 등장하는 주인공말고도 우리 주위에는 얼마든지 숨어있는 이야기며 일어날 수 있는 현실을 가까이에서 지켜보았다.

사랑을 바탕으로 한 이성간의 만남이라면 만남 자체의 길고 짧음이 문제겠는가. 피도 살도 섞이지 않은 서로에게 모든 것을 다 잃어도 후회하지 않을 만큼 충실했다면 젊음을 바쳐, 목숨을 바쳐보는 사랑이야말로 무엇과도 감히 비교할 수 없는 숭고함이다.

물처럼 채웠다가 비워내는 것이 만남이며 사랑이라면 당

신과의 만남으로 깊이 파인 웅덩이로 남고 싶다.

그 불완전한 우수가 아닌 슬픈 우수의 파장으로 메워진, 그래서 보이지 않는 것으로도 넘쳐나는.

인간의 최대 궁극적인 인격 표현은 사랑의 시작과 그 마무리에 있을 것이다. 진실로 가치있는 사랑은 주어진 상황과, 환경과 관계없이 그를 위해 빵값을 절약할 수 있어야 하며 그의 진정한 삶의 안식을 소망하는 자세여야 할 것이다라고 하는 대 선배님의 글을 되새겨 보지만, 지금도 나는 아직 덜 자라 미숙함투성이인 절대적 사랑을 꿈꾸고 있는지도 모른다.

# 위태로운 그리움이 날릴 때

꽁꽁 얼어붙었다. 겨울하고도 한복판 1월의 중간쯤에 와 있다.

보이는 것과 묻히는 것이 하나가 되어 나뭇가지를 덮은 흰눈이 눈부시다. 침묵의 가슴으로 부터 배어 나오는 꿈의 향기를 느끼기엔 삶과 죽음이라는 생명의 비례에 엄숙해지 고 싶은 계절이다.

파고드는 추위보다 기 억하지 못한 기억으로, 의 지 약한 애첩같이 무너져 보아도 괜찮을 겨울의 환상.

섞이고 싶어 묻히고 싶어 시퍼런 속살 드러내놓고 아파할 줄 아는 바다로 간다.

피해 가야 할 줄 알면서 덤벼들고 만, 그래서 빠져버린 겨울바다를 들여다보면 바다가 왜 우는지 알 것도 같다.

바다야말로 비애에 젖어서도 제빛을 잃지 않는 깊이를 간직한 애첩의 눈이 아니던가? 모였다가 떠나고 고였다가 밀려가는 허무의 거품 같은 파도만 밀어내며 자기고백에 빠진 밤바다.

길게 울며 얼어붙고 싶은 오늘.

보내야 할 것들은 어두운 밤에 별이 되어 더욱 빛날 것이며, 채워야 할 것들은 성난 파도가 되어 하얗게하얗게 부서지며 흩어지고, 자기만의 성을 쌓다가 부수는 허무의 공간을 채울 것이다.

바다에 가까이 가면 왜 그런지 너무도 당당한 조강지처의 의기보다는 선 밖으로 부서지며 밀려나는 파도같이 설자리 없는 애절한 사람을 생각나게 한다.

얼어붙어 숨죽이는 겨울에도 잠들지 못하고, 얼어붙지 못하고 황량한 뒷모습만 세고있는 목이 긴 상처를 묻으며 쓸쓸히 일렁이는 물결.

육지에서 살고있는 것들은 모두 바다에서 기어 나왔다고 어느 소설가가 글로 썼듯이 바다는 어머니의 가슴과도 같다.

언제든지 이유없이 포용해주는 어머니, 방황의 한순간에서도 올바로 설 수 있게, 지탱해 줄 수 있게 감싸주고 받아들여 주시는 정신적 근원을 마음속에 뿌리깊이 박아주시는 구원과 구제를 넘나들 수 있는 따뜻한 낱말.

추운 손을 가만히 바다에 담가 본다. 언제든지 찾을 수 있는 정신적 지주가 무엇이어도 좋을 것 같다.

움푹 들어간 눈 속에서 서늘하리만치 저릿하게 느껴오는 그리움을 닮은 눈이라도 좋다.

미쳐본 사람만이 절실하게 빠질 수 있는 것도, 목숨 바쳐 내어준 단 하나의 사랑을 잃어본 자만이 깊이 흐를 수 있는 것도, 겨울에 흐르지 않고도 얼어붙지 않는 사람을 안고 바다에 와서 나는 작은 이슬이 된다.

내일이면 새로운 곳에서 태어날 것을 믿으며 눈 멀어가는 이슬의 눈물이 되는 것도 마다하지 않을 것이다.

눈물이 흩어져 눈먼 안개가 되고 다시 너에게로 떨어질 것을 바다는 알고 있는 것이다. 기다리고 있는 것이다.

시리도록 아픈 눈을 갖게 될 것도, 끝없이 부서지며 찾아가야 할 시어들의 종말 같은.

날아가는 것은 위태롭다.(위태로워 날아가고) 남아있는 것이 눈부시게 엷어지는 흰색의 종말.

나는 이 겨울 날개를 꺾고 바다에 섞인다.

위태로움마저 소유하고 싶은 충동이 올 때.

　따스한 햇볕의 무게도 가볍지 않은 낡은 지붕 아래에서는 스물두 개의 구멍으로 활활 타오르는 연탄불의 훈훈함이 아랫목과 윗목의 온도 차이를 좁혀 갈 것이며, 부스럭거리는 숨결 하나도 놓치지 않는 좁고 낮은 집, 아침을 채우는 당신의 목소리의 여운으로 하루를 시작할 것이다.

# 새에게

추운 겨울이지만 내가 사는 집 뒷베란다 창문은 빼끔이 열려있다. 1년 열두달 365일을 한번도 닫히는 법이 없어서, 먼지가 끼고 창틀이 비틀렸는지 열고 닫기에 불편할 뿐만 아니라 어느 정도 열리고는 꼼짝달싹도 하지 않아 온갖 힘을 다 써야 겨우 움직이는 정도가 되었다.

중앙공급식 난방을 하는 고층 아파트라 건조한 공기를 바꿔 주어야 하는 이유도 있지만 얼결에 집을 나간 새를 기다리는 창문이기에 닫을 수가 없는 것이다.

강보에 싸인 아기가 콜 - 록하는 기

침소리만 내어도 놀라서 아기를 안고 병원으로 달려가던 새댁이었을 때, 허둥대며 내린 택시 안에다 집 열쇠꾸러미를 놓고 내려 난처해하는 일이 비일비재하던 때부터 같이 살았던 새를 기다리는 창문이다.

일가친척도 별로 없지만 못난 성격 때문에 집을 왕래하는 사람 없는 우리집은 손님이라고 해야 가끔씩 찾아와서 아기를 예뻐해주고 돌아가는 결혼하지 않은 여동생뿐이었다.

아기같이 예쁜 십자매 네 마리의 출연은 한꺼번에 너무 많은 친구가 생긴 것만큼, 커다란 관심과 하루에 한 번 모이를 주고 물을 갈아주어야 하는 일거리가 생기게 됨과 함께 허둥대는 하루의 시작이었다.

네 마리의 새가 같은 새장에서 살다보니 재미있는 풍경도 볼 수가 있었다. 세 마리는 꼭
꼭 붙어다니며 잠도 같은
둥지에서 함께 자고 하
는데, 나머지 한 마리
는 둥지에도 못 들어
가고 횃대에서 쭈그리
고 자는 것인지, 밤을 새
우는 것인지, 아무튼 외로운

한 마리 새는 요즈음 말로 왕따를 당한 것 같기도 했다.

다른 새들은 모이를 곧잘 먹고 살도 통통하게 오르며 몰라보게 크기도 하는데, 왕따를 당한 새는 먹는 것도 시원치 않고 자라지도 않는 것이다. 눈으로 볼 때 표시가 날 정도로.

새에 대한 상식에는 무식하기 이를 데 없는 나는 좁쌀대신 보리쌀을 넣어준 탓에 먹는 것에 욕심을 낸 한 마리가 배 속에 들어간 보리쌀이 불었는지, 목에 걸렸는지 죽고 말았다.

그 다음 한 마리는 둥지로 만들어진 지푸라기를 주둥이로 톡톡톡 쪼면서 놀기를 좋아하더니 둥지에서 풀려 나온 실에 목이 매여 친구들과 헤어지게 되었고, 또 한 마리는 어느 날 그냥 이유없이 죽어있는 것이었다.

원인불명으로 ……?

새를 잃게 된 것도 슬프고 마음 아픈 일이지만, 더 큰 일이었던 것은 죽은 새를 버리는 일이었다. 뻣뻣하게 굳어있는 새의 시체를 종이에 싸서 버릴 때의 기분은 한마디로 다시는 살아있는 것을 기르지 않겠다고 맹세까지 하는 냉정함을 자아내게 하였다.

쓰레기통에 버리기에는 너무 끔찍한 일이라 꽃무늬가 예쁜 종이 포장지에 정성스럽게 싸고 또 싸서 경비아저씨 몰래 아파트 단지 화단에다 묻어주었다.

운이 좋은 것인지, 명이 길은 것인지 나머지 한 마리는 살아서 몇 년을 집을 지키고 친구도 되어주었다. 가끔씩 새장 밖으로 나와서 푸드득거리며 베란다를 날아다녀 바가지를 가지고 새를 잡는 번거로움을 주기도 하지만, 손으로 잡히지 않으니 최후의 방법으로 바가지를 들고 가만히 다가가서 눈 깜박할 사이에 순간적으로 바가지를 새에게 뒤집어 씌우는 방법이다.

오랜 시간을 날아보지 못하고 새장 안에 갇혀 살던 탓에 쉽게 바가지 속으로 들어오는 새를 보며 마음 찡할 때도 있었다.

그러던 어느 날 청소를 하려고 베란다 문을 활짝 열어젖

히는 순간 글쎄 그 한 마리 남아있던 수호신 같은 새가 기다렸다는 듯이 베란다 밖으로 날아가는 것이었다.

놀라서 내려다본 새는 11층 꼭대기에서 내리꽂히듯이 4, 5층 정도 되는 남의 집 베란다 쪽으로 처박히듯 떨어지며 내려갔다. '닭 쫓던 개 지붕 쳐다보기'라더니 눈 멀쩡히 뜨고 날려보낸 새 한 마리, 왕따를 당했을 때 편들어 주지 않았다고 도망을 갔는지도 모른다.

배신자! 여름 휴가철에 네가 걱정되어서 집 단속보다는 물과 모이를 철철 넘치게 넣어주고도 마음이 놓이질 않아 해수욕을 하면서도 걱정을 얼마나 했고, 피서지에서 집으로 돌아올 때는 새가 죽었으면 어쩌나 하는 생각으로 자동차 속력을 고속으로 내서 달려왔는데…….

하지만 미안하고 후회되는 일도 있다. 때로는 새똥 냄새

가 지겨워 굵게 만든 적도 있었고, 물이 없는데도 물을 늦게 갈아 준 적도 있었다.

　그래도 그 많은 날의 정을 놓고 한순간 날개를 펴고 날아 갈 수 있다니, 선녀와 나무꾼에 나오는 선녀처럼 하늘로 날 아가다니.

　배신자라는 생각도 들지만 한편 믿고 싶다. 선녀와 나무 꾼에서 선녀는 남기고 간 식구들을 못잊어 땅에 내려올 거 라는 것을.

　바위 냄새와, 나무와, 풀벌레 소리를 대신하는 메아리가 묻어 나오는 숲을 향해 떠난 새도 어느덧 우리집 분위기에 익숙해 있어서 외로울 땐 그리워할 거라는 것을.

　언제라도 날아가다가 한번쯤 베란다 난간에라도 쉬었다 가라고 창문을 열어놓는다.

　내가 집을 잠시 비운 날에도 네가(새가) 날아들었던 자국
쯤은 오랜 세월같이 숨을 쉬고 지냈던 시간의 냄새로 감지
할 수 있을 거라고, 하루종일 창살을 긁어대며 노래 아닌 노
래를 부르던 새에게 나는 시를 쓰기도 했다.


　새 한 마리
　창살에 발붙이고
　온종일 긁어댄다


　이 시대의 모습


　저주하던 식구가 그리워지는지
　물 마시고 하늘 본다


　아주 잠깐


　어느 시대건 혼자라는 건
　별로 보기 좋은 현상은 아니지
　제발 나 혼자 내버려 줘

고백 속의 하루

— 새 한 마리 —

뒷베란다 창문이 넓게 열려있는 날은 폭죽같이 치솟기단 했던 눈먼 마음으로 잡고 싶던 사람도, 놓치고 싶지 않은 기억도, 미움도 내 기억 언저리에서 맴돌고 있는 것이라면 모두 드나들 수 있도록 마음을 열어놓는 날이다.

영혼의 샘터에서 물기 마르지 않게 서성댈 하늘빛보다 더 진하게 거닐었던 내 사랑의 발자국들이 …….

아직도 그림자처럼 떨어지지 않는 기억을 끌어안고 오늘도 나는 꿈같은 일들이 일어나기를 포기하지 않는다.

조금은 낡고 초라해진 창문이지만 무수한 이야기들이 꽃을 피우고 있는 나의 창가에는 언제나 그리운 것들이 드나들 수 있어서 행복하다.

혼자 남은 새가 밤낮 모르고 우는 것은 아직도 어린 희망
이 남아있기 때문에 울 수 있는 것일까 ?

눈물이 나도록 그리운 사람이 오려는 듯, 봄비가 들이
친다.

소리내어 후두둑거리며 나의 꿈을 두드리는 소리에 가슴
이 뛴다.

빗소리가 멎을 때까지 가슴속에 뜨겁게 호흡하고 있는 맹
목의 사랑이 멎을 때까지 …….

# 사진 찍기를 두려워하는 것은

칼 융(Jung, Carl Gustav 1875~1961, 프로이드의 영향을 받은 스위스의 정신분석학자·심리학자)은 아프리카 여행 중의 느낌을 이렇게 적고 있다.

흑인들이 사진 찍기를 두려워하는 것은 사진을 찍게 됨으로써 영혼을 빼앗기게 될지도 모른다는 두려움 때문인 것 같다.

그러나 이것은 해안지대의 소마리아족이나 스와히리족의 사나이들에게는 해당되지 않는다.

그들은 아랍의 꿈의 책을 참고로 갖게 되었던 것이다.

그냥 길을 걸어가는 사람과 생각하며 걷는 사람이 똑같은 길을 걸어가고 있어도 상상의 공간이 다르듯, 책을 읽을 수

있는 의식의 눈을 갖고 있는 사람들이라면 새롭고 낯선 것을 받아들임에 있어서 커다란 두려움이나 어려움이 없다는 뜻도 된다.


기나긴 밤이면 만물은 깊고 우울한 가락을 울리고 영혼은 완전히 형용하기 어려운 빛의 향수에 사로잡혀 버리는 것이다.
그것은 갇혀 있는 생각이었으며 원시인의 눈에서 동물의 눈에서 찾아 볼 수 있었다.
'빛이 오는 순간은 신이다' 라고 원시인들은 아침이 오는 순간을 표현하고 있다.

살아가는 동안에 사진앨범 한 구석을 소중히 채워줄 사진 아닌 사진으로 각인되어오는 도서관 가는 길을 그려 필름에 담고 싶다.

주차료를 받지 않고 무료 주차이던 도서관 입구 공간은 언제부터인가 한 번 주차하는데 천원씩을 받고 있다. 돈 천원 내는 것이 문제가 아니라 빠듯한 아침시간을 서둘러서 단 10분이라도 아끼고 싶은 생각으로 자동차를 가지고 도서관에 가게 된다.

몇 대 들어갈 수 없는 좁은 주차장은 항상 '만차'라는 안내판이 도서관 정문 앞에 놓여져 있는 것이다.

난처하지만 할 수 없이 차를 돌려 덕성여대 주변 주택가를 이리저리 살펴보고 기웃거리는 일이란 주차요금 내는 것보다 더 큰 어려움을 겪게 되는 것이다.

그런 관계로 도서관에서 가까운 거리의 연립주택 마당에 차를 세워두고 걸어서 도서관까지 가게 되는 것이다.

겨울의 한산함이 우이천에 구르는 돌멩이의 까실한 느낌과 같이 진하게 퍼져있는 골목을 돌아 옹기 박물관 앞(한번도 들어가 본 적이 없는)을 지나칠 때 박물관 담벼락 모퉁

이에 대형 거울 유리창이 두 개 기역자로 붙어있다.

그 거울 속에 청바지에 목도리에 점퍼를 두툼하게 걸치고 가방을 멘, 남이 보면 약수 물 뜨러 가는 사람 모양을 한 여자가 화장기 없는 부수수한 얼굴을 들이민다.

요리조리 아무리 비추어 보아도 아직은 그런 대로 보아줄만한 모습이라고 스스로 위안을 한 다음 우이천을 가로지르는 쪽다리를 건넌다.

여름장마에 부서진 난간을 고치지 않아 조금은 위험한 길이다. 그러나 몇 줄기 흐르는 물이라도 바라보려면 부서진 난간 옆으로 바싹 붙어 고개를 쑤욱 내밀어 넘겨다 보아야 한다.

일정한 속도를 유지하며 흐르는 것 같은 잔잔한 물줄기들.

길옆에는 쪼그리고 앉아 손바닥을 탁탁 치면서 중얼중얼거리는 주름진 얼굴의 할머님 한 분이 못마땅한 얼굴로 뜸하게 지나치는 사람들을 주시하기도 한다.

나에게 말을 걸어오면 어쩌나 하는

놀란 표정으로 빠르게 걸음을 재촉한다. 개울 건너 덕성여대 담장을 끼고 보기에도 위험스러워 보이는 반면 아늑해 보이기도 하는 무허가 집들이 몇 채 들어서 있다.

봄이 오면 개나리꽃이 만발한 개울 언덕을 통째로 가질 수 있으며, 자투리 땅을 호미로 일구어 만든 밭에서는 봄동이 푸르게 잎을 내미는 전원을 가지고 있다.

이번 봄 그 작고 초라해 보이는 집들을 지나치면서 따뜻한 집, 인간적이며 삶의 냄새와 정이 깃들어 있는 집, 대낮에도 등불을 켜놓아야 하는 비닐창문을 통해 새어 나오는 불빛의 정겨움을 느꼈다.

말 한번 붙여본 적 없지만 수더분한 표정에서 전해지는 평화로움을 읽어낼 수 있는 마음 후덕해 보이는 사람들을 보았다.

급하게 움직일 공간도 없으려니와 굼뜨게 움직이는 그들에게서 넉넉한 고향을 읽을 수 있었다.

평화란 일정한 정의가 필요치 않았다.

단 10분 걸리는 거리에서 도시와 전원이 함께 어우러져 있는 고장을 무슨 연유에서인지 20년을 넘게 떠나지 못하고 있다.

걸음을 재촉하다가 주머니에서 만져지는 빨간 장갑을 꺼내 끼고 백운초등학교 담장을 돌아서면 도서관 불빛이 보인다.

초등학교 앞으로 즐비하게 들어서 있는 고시원 건물이 오늘따라 섬쩍지근한 느낌을 준다.

겉으로밖에 구경한 적이 없는 곳이라 어떤 곳일까? 저 안에서는 어떤 사람들이 공부를 열심히 하고 있을까 하는 호기심을 불러일으킬 뿐이다.

학교 정문 앞을 외롭게 지키고 있는 하나뿐인 문방구 문을 밀고 들어가 붉은색과 검은색 볼펜을 두 자루 사고 5백 원짜리 생수도 한 병 사서 가방에 넣는다.

　도서관 들어갈 준비완료인 것이다. 정문에 들어서기 전에 '만차'라고 쓴 굵직한 글씨가 오늘도 여전히 제 위치를 지키고 있다.

　수위실 앞에 놓여있는 분홍색 열람표를 한 장 집어들고 번호를 확인하면서 3층으로 올라간다.

　열람실 앞에 붙어있는 주의사항을 한번 훑어본 다음 문을 밀고 들어서면 창문을 열지 못해서 공기가 순환되지 않아서라기 보다는 182명이라는 여자들에게서 퍼져 나오는 요상한 냄새가 기분나쁘게 확 퍼져온다.

　다시 번호를 확인하며 찾아가는 좁은 공간, 뚱뚱한 사람은 앉아있기 불편한 나무의자와 56cm
밖에 안되는 칸막이, 책장을 걸어
다가 진열해놓은 듯한 작고 좁
은 책상(공동책상) 위에다 가
방에서 책을 꺼내고 필통과
커피와 생수와 도서관 대출
회원증과 호출기를 꺼내어
진열을 한 다음 들고 간 방석
을 깔고 앉는다.

　오늘은 어떤 주제를 놓고 고민을

다섯 시간 하다가 돌아갈 것인가?

　과연 한번도 울린 적이 없는 호출기는 공부를 하는 동안
울리게 될까?


　미지수 같은 시간이 흐른다. 인생도 변하며 지나간다.
　낯선 얼굴 같은 인연들이 스쳐간다.
　오  늘  도.

# 나는 누구인가?

한 사람이 태어나서 살아오다가 스스로의 발자취를 정리
할 때, 이성으로서의 세 사람을 안는다고 교과서적 이론으
로는 그렇게 알고 있다.

남자에게 있어서는 어머니와 첫사랑의 여자, 그리고 아내
를 가슴에 안는다고 한다.

사람마다 제각기 사는 방법과 의식이 다르다고 보면 명분

이 분명한 개인적 사고와 의식은 그마다 소중한 의미나 가치를 지니고 있다고 생각된다.

그것은 비록 남자뿐만이 아니라 여자에게 있어서도 마찬가지일 것이다. 길러주신 아버지와, 언제든지 꺼내보아도 가슴저린 추억 속의 이성이거나 연인, 좋은 일보다는 궂은 일로, 마음 설레임보다는 훈훈한 믿음으로, 정으로 코끝이 찡해 오기도 하는 한 지붕 아래 오래오래 살을 맞대고 살아가는 상대일 것이다.

태어나서 처음으로 부끄러움없이 대하는 것이 아버지이며, 가을날의 쓸쓸한 뒷모습같이 석연치 않음을 남게 하는 것도 아버지인 것 같다.

어릴 적 운동회를 마치고 어스름 저녁이 오면 쌀쌀해지는 날씨에 춥기까지 하다.

그럴 때면 6년 동안을 늘 그랬듯이 아버지는 어린 나를 등에 업으시고 10리나 되는 집에까지 걸어서 오시는 것이다.

쉴새없이 종알종알 떠들었던 기억과 넓은 아버지의 등위로 곧 쏟아져 내릴 것 같던 진주빛 달과 바람소리.

등에 업힌 딸의 사랑을 매달리는 팔의 무게에 느끼며 흐뭇해하시던 구릿빛 모습의 아버지 사랑은 지금도 나의 고향이며 배꽃을 유난히 좋아하시던 아버지의 향기이며, 가을의 뒷모습이기도 하다.

어른이 된 나는 지금도 어린아이들을 예쁘고 귀엽다고 팔에 안고 뽀뽀를 해주기보다는 등에 업고서 이쪽 - 저쪽 고개를 돌리며 까꿍 - 까아 - 꿍 하기를 더 좋아한다.

아버지가 나를 업어 길러 주신 것처럼 ……

어떤 것이든 받아들인만큼 베푼다는 말이 어우러져, 젊은 날의 감성 또한 지워지지 않으며 성급히 왔다가 홀연히 사라지는 6월의 한 자락 같은 것.

너무 복잡하고 다양하게 변화하는 지극히 개인적이며 이기적인 경쟁 속에서 그리워지는 한 줄의 시구같으며 가까이

다가서면 확실히 볼 수 있지만 몇 발자국 물러서면 아물거
리는 안개 속의 물체 같은 젊은 날의 또 한 사람을 기억으로
안는 것이다.

주머니를 톡톡 털어 마셨던 블루마운틴의 커피향과 장마
비를 피해 급히 구한 일회용 우산과 밤의 거리, 기찻길 옆으
로 스쳐보낸 갈등과 번민.

맨발로 쳐다보기만 해도 좋기
만 한 센스있는 색깔과 편리함
이 어우러진 새로 구입한 운
동화 같은 사람을 두 번째로
알 수 있을 것이며, 마지막 세
번째의 사람은 생의 절반 이상을
함께할 배우자가 아닌가?

어쩌다 하는 외출에서의 불편함과 인파 속의 고독과 풍경
으로부터 빠져나와 도착한 낯익은 골목과 아파트 입구 벨을
누르지 않고도 문을 벌컥 열고 들어서면 언제든지 그 자리
에서 기다려 줄 것 같은.

종일토록 나의 일부를 혹사시켰던 하이힐을 벗어던질 때
의 편안함 같은 사람, 혼자보다는 공동으로서의 일상이 많

은 날의 정서로 다가와 아니다, 아니다 하면서도 그렇다로 다가오고 마는 열쇠고리와 열쇠 사이의 사람은 아닌지?

개인과 개인, 빛깔과 모양이 다를 뿐 그 사람 나름대로 다른 배경의 옷을 걸치고 살아간다.

나는 어떤 옷으로 포장된 사람인지?

그 포장지 속에는 어떤 내용이 들어 있는지?

까맣게 모르면서 사는 사람과 깨닫는 사람, 어느 쪽의 사람인지?

사실은 알 수가 없다.

도시를 스치는 바람 한 자락으로 옷깃을 베이며 슬퍼할 줄 아는 여자.

시 한 줄, 단어 하나에 매달려 밤새 뒤척이다가 눈자위가 휑하게 여윈 여자.

골목 어귀에서 들리는 슬리퍼 끌리는 소리와 손에 든 맥주병 속의 진실도 들을 수 있는 여자.

그런 여자를 나는 알고 있으며 사랑하기까지 한다.

덜 자란 어른아이 같은 어눌한 표정의 그녀지만 불의를 보고서는 참지 못하는 용기도 동반한 여자를 사랑하지 않을 수 없으며, 바람 한 자락으로 옷깃을 베일 줄 알고 시 한 줄에 모든 것을 거는 집착과 맥주병 속에 흔들리는 의미마저 놓치지 않는 그 여자 속에서 나를 찾는다.

아니 그런 여자로 살아갈 수 있도록 하여준 모든 인연들과 배경을 베풀어 준 함께 살고 있는 사람에게 특히 감사를 하며 살아갈 것이다.

낮도 아니고 밤도 아닌 저녁 노을이 마악 끝나려는 순간을 하루 중에 가장 사랑하는 나는 원초적 출발과 끝의 시간이 함께하는 자기 찾기를 계속할 것이다.

내가 누구인지 모르면서

우리는 어떤 것을 쫓아가고 있는지?


진주빛 햇빛에 투영된 나는 누구인가 ?


다가오는 6월, 아카시아향으로 가득할 하늘을 생각하면 지금부터 가슴이 설레이기 시작한다.

아 ― 아직도 꿈에서 덜 깨인 어눌한 표정 속의 대책없는 나이기를 거부하지 않는다.

5월말의 어느 날에.

# 보자기 같은 사이

"혹시, 토요일 날 애인과 싸우고 일요일에 마누라와 백화점 쇼핑 가는 사람은 아닌가요?"

어느 모임 자리에선가 여류시인이 누군가에게 묻던 말이다.

무슨 연유에서 그런 문책이 나왔는지는 자세히 알 수 없지만 술기운을 빌어 짓궂게 하던 허물없는 말일 것이다.

인간의 만남이 그러하듯, 태어남과 죽음이 그러하듯 모든 일상도 깊이 파고들면 부질없듯, 자유를 방종으로 몰아가면서도 자

유롭고 싶듯이, 18세의 청춘남녀가 아니라면 사각으로 네
모져서 부드러워 보이지는 않지만, 어느 물건이건 어떤 모
양으로 싸안을 수 있는 보자기 같은 사이로 다가서는 것은
어떨까?

내 아직 철이 덜난 어른아이임에는 틀림이 없다.

평범한 외모와는 반대로 끝없이 심한 욕망과 끼가 넘실댈
것이며, 보이지 않는 마음 한 구석에는 방종도 날뛸 것이다.

인사동 어느 술집 골목에서 만난 나와, 마을 입구에서 대
하는 내가 다르듯이 두 가지의 이중인격도 갖고 있는 평범
하면서도 평범치 못한.

그러나 그대와의 꿈을 위해서는 내일 죽어도 좋다는 생각
또한 놓지 못했다.

사랑하는 사람과 함께라면 삼양동 꼭대기 판잣집 사글세

방도 마다하지 않을 각오로 버틸 수 있는 여자이기도 하다.

보이는 이에 따라 초라함마저 감도는, 그러나 그 동네에서는 아주 자연스러운 슬레이트 지붕으로 버티는, 따스한 햇볕의 무게도 가볍지 않은 낡은 지붕 아래에서는 스물두 개의 구멍으로 활활 타오르는 연탄불의 훈훈함이 아랫목과 윗목의 온도 차이를 좁혀 갈 것이며, 부스럭거리는 숨결 하나도 놓치지 않는 좁고 낮은 집, 아침을 채우는 당신의 목소리의 여운으로 하루를 시작할 것이다.

화려함을 초월하는 사소한 행복으로 끝없이 주고도 남을 마음을 허름한 당신의 옷깃에 기댈 수 있는 …….

살아있음을 확인하는 유일한 공간인 당신에게 …….

귀천이 없는 마음의 문으로 당신을 맞아들일 때, 어느 세련되고 번잡한 거리에서 국화빵을 굽는 일도 가능하다는,

마음 설레이는 어른아이가 많이 살고 있는 한 아직은 살만
한 세상일 것이다.

　진실로 사랑하라고, 부드러운 마음과 이슬 젖은 눈빛으로
가시거리를 넓혀 사랑의 보자기를 펴면, 당신의 오류까지도
싸안을 수 있는 진실보다 더 무서운 매듭이 되지 않을까 ?

　누군가의 사랑을 받고 있는 특별한 당신에게는 …….

# 장 대 비

　　망사 커튼으로도 부족해 두꺼운 천으로 한낮의 햇빛을 가
린다. 인도가 아닌 방안에서 도(道) 아닌 도를 닦고 있다는
친구의 말이 생각나는 여름의 끝무렵 창밖에선 장대비 소리
가 요란하다.

　　빛을 산란시키지 못하는 수증기
입자들이 조금씩 커져서 먹구
름이 되고 더 젖어져 비를 내
린다.

　　7월초부터 간간이 뿌리기
시작했던 비가 8월이 끝나가
는데도 그칠 줄 모른다. 후덥
지근한 더위에 깊은 잠을 뒤척이

는 한밤중에도 시원한 바람을 동반한 소나기가 아닌 눅눅하
고 기분 나쁜 열대야까지 몰고 다니며 낮과 밤을 구분하지
않고 난데없이 그야말로 아무 때나 아무 곳에나 쏟아붓기
일쑤다.

무엇이건 끝이 날 때에는 소리 또한 요란한 것인가? 이미
떠나간 사람을 다시 보내려는 듯, 다부지게 끝내고 말겠다
는 게릴라성 폭우, 1년치의 강우량을 하루만에 들어붓는 무
서운 행패가 요즈음 벌어지고 있다.

초록의 여름을 순식간에 황톳빛 가슴으로 황폐화시키는
저력을 과시하기도 한다. 자연이 화가 나면 세상에서 제일
무서운 것이라는 말이 실감나는 현실로
부딪치며 대부분의 사람들은, 비
라면 지긋지긋하다는 말을
입에 올린다. 한해 여름을
치르는 대가치고는 엄청
나게 큰 부담과 상처를 요
구했다고 볼 수 있겠다.

중부 이북지방의 집중적
폭우와 대책 없던 물난리는
많은 인명을 희생으로 데려갔

고, 남부지방 역시 농경지 피해가 짐작키 어려운 실정이다 (지금은 98년 8월).

김대중씨가 대통령 되더니 비도 대중없이 내리더라, 습관성으로 내리는 비, 모질고 모진 비, 양동이 폭우라는 유행어를 만들어 내기도 했다.


작년 12월부터 불어닥친 IMF로 GNP 만 달러인 경제국에서 하루아침에 빚더미에 올라앉은 기막힌 현실에 중산층이라 일컬으며 망상과 자만에 빠졌던 보통사람들, 몸도 고달프고 마음마저 지혜롭지 못해 하루하루를 버티며 사는 가운데 날씨도 미치고, 비도 미쳐 제정신을 잃었다.

일기예보에 따르면 올해에는 10월부터 추운 겨울이 시작된다고 한다.

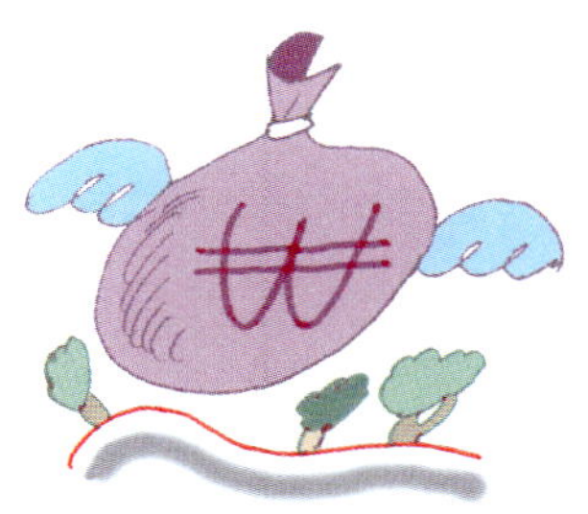

이제 계절마저 미치나 보다.

상처는 상처를 낳는 것일까?

엎친데 덮친격이라는 말이 실감나는 시국을 지나고 있다.
난리다, 전쟁이다.

총탄으로 사람과 사람을 해치는 전쟁이 아닌 경제전쟁,
계절난리, 하늘과 땅, 자연과 인간의 전쟁이다. 전쟁 없는
평화의 땅에서 온전한 뿌리를 내릴 수 있는 것은 우리에게
넘어 온 반성과 겸손이라는 숙제와 스스로 저지르고 누려
온 행위에 대한 대가나 책임인 것이다.

모든 일에는 책임이 뒤따른다는 교훈을 바로 느끼고 볼
수 있는 마음의 눈을 열어야 할 것 같다.


등교시간에 햇볕이 쨍쨍하던 날씨가 오후가 되면서 갑자

기 소나기로 변한 하교길, 굵은 빗줄기는 수만, 수천 만번의 발자국으로 다져진 학교 운동장을 순식간에 커다란 웅덩이를 군데군데 만들어 놓는다.

우산이 없어 하교를 못하고 교실에 앉아 대책 없이 창밖만 내다보며 우산을 기다린다.

30분, 한 시간, 한 시간 30분이 넘고 있으면 까맣고 뾰족한 꼭지가 달린 긴 우산을 들고 운동장을 가로지르며 두리번거리는 낯익은 모습이 나타난다. 키가 큰 엄마가 아닌 체구가 자그마하여 쪽진 머리와 옷매무새와 자태가 고우신 할머님이다.

늘 그랬다.

수학여행을 떠나는 새벽 어둠 속에서 두 뺨을 쓰다듬어 주시며 잘 다녀오라는 당부를 몇번이고 반복하셨고, 속 고쟁이 주머니에서 꼬깃꼬깃한 지폐를 꺼내 엄마 몰래 쥐어 주시던 거칠한 손길, 버스가 안보일 때까지 발돋움하며 보고 계시던 이슬 젖은 눈빛이다.

지금 87세라는 연세에도 큰일 치르는 집에 가시는 날엔 손수건에 장손녀 주려고 싸오시는 잔칫집 봉송을 잊지 않으신다.

데면데면하다고 느끼는 며느리(엄마)에게는 손녀를 못맡기시는 것이다.

천방지축이고 나이들은 손녀를 아가라 부르시는 애틋한 목소리가 아직도 내 주위를 맴돌며 어긋나지 않은 삶의 모습으로 지켜주시는 등불과도 같은 것이다 .

그렇다, 우리들 뒤에는 남몰래 지켜봐 주시는 내 할머님의 젖은 눈길과도 같은 따뜻한 정성과, 마주잡을 수 있는 거칠한 손길이 있는 한 우리는 그 어떠한 난관도 극복하여 예전의 모습으로 돌아올 수 있다고 믿고 싶어진다.


햇빛 찢어질 듯한 여름 한낮, 갑자기 천둥번개와 벼락이 번뜩인다. 잠잠했던 우기가 다시 시작되려나 보다.

아무래도 한동안은 시끄러워야 될 것 같다.

　마음을 넝마처럼 내어주고도 메마른 육신을 썩게 할 줄
아는 지푸라기 같은 삶.
　사랑으로 인해 아픔을 겪은 이들은 애정결핍증에 걸린 장
애인이 된다. 사랑이란, 위법과 준법이 무너진 지옥훈련과
도 같은 것.

# 나의 고향은……

사람들은 저마다 몇 개의 고향을 가지고 있을까 ?

나는 고향을 세 군데나 가지고 있다. 태어난 첫 번째 고향은 충청북도 중원군 앙성면 자당리라는 산골 중의 깊은 산골이다.

농수로가 턱없이 부족했던 내륙 지방의 농지개혁으로 인해 마을 전체가 저수지로 바뀌는 바람에 세 살 때 이사를 했다.

황소를 앞세운 마차에 이삿짐을 싣고 할아버지, 할머니, 아버지, 어머니, 삼촌, 고모, 어머니 등에 업힌 나, 그리고 9개월째 어머니 배 속에서 자라고 있는 태어나지 않은 동생과 함께, 충청도와 경기도를 이어주는 경계의 표시인 청미원 다리를 건너, 경기도 이천군 장호원읍 진암리라는 마을에서도 맨 꼭대기에 자리잡은 초가집으로 삶의 터전을 옮겼다.

고대광실 넓은 기와집을 물속에 잠겨둔 채 어둡고 초라한 초가집으로 옮겨와서 낯선 사람들과의 관계가 시작된 것이다.

더욱 낯설음을 느끼게 했던 것은 마을 전체가 친인척으로 이루어져 있다는 것이었다. 충주 석씨 성을 가진 사람만이 모인 씨족사회 속에서 함께 지내야 된다는 것과, 동네 분위기에서 오는 타성을 가진 사람들을 배타한다는 겉도는 인심 때문이기도 했다.

조금은 무지한 사람들의 거친 말씨와 텃새에서 소심한 아버지는 마음을 많이 다치셨다.

그러는 중에도 저녁해만 설핏하게 넘어가면 할머니 등에 업힌 내가 우리 집에 가자고, 여기는 집이 새까매서 무섭다고 울기 시작하면 날밤을 꼬박 새우는 날이 허다하여 온 집안 식구가 서로 붙들고 울었다 한다.

그럴 때면 고향에 집을 지어 살림을 내어주고 온 둘째 삼촌 내외와 산과 들, 농지에 대한 애착과 향수로 서글픈 마음이 더해, 동네에서 조금 떨어지고 한길이 나있는 잔다리고

개를 여러 번 왔다갔다 하면서 외로움을 달랬다고 한다.

자기가 태어나고 자라난 고장을 고향이라 한다면, 태어난 곳은 한 곳이지만 자라난 곳이 여러 군데인 사람들, 특히 도시 생활의 대부분 사람들이 이사를 많이 하는 것에 익숙해 있으며, 철새처럼 옮겨다니기를 마다하지 않는 영향으로 낯선 분위기에 적응하는 지혜 또한 시골 사람들에 비길 바가 못된다.

그렇다면 어느 곳, 언제를 고향이라 말해야 하는가 ?

기억 밖에 있는 태어난 곳인가? 아니면 자라면서 익숙해 있는 특정한 곳인가?

그런 관계로 나는 고향이라는 관념적 의식을 조금은 너그럽게 받아들이고 싶어진다.

누구나 어릴 적은 어릴 적대로 자기만의 상황이 있을 것이다. 그 기억 속의 마을과 친구, 그때의 분위기를 잃어버리고 싶지 않은 내가 존재하는 그곳이야말로 진정한 고향이 아닌가 한다.

아무리 가까운 사이일지라도 뚫고 들어올 수 없는 나만의 공간. 어쩜 두 번째의 고향까지는 살아가는 동안 가슴 쩌릿하게 다가오는 부모님의 손길과 숨결이 아닐까 하는 생각이 든다.

마을 어귀에 외롭게 서있는 가로수 한 그루와 눈에 익은 골목 길가까지 특별한 의미로 다가오게 하는 곳.

그러나 세 번째의 고향은 혼자만의 공간이 아닌 것 같다. 나와 배우자가 우선이 되는 가족이라는 집단으로 공유해야 하는 복잡미묘하며 조심스러운 묘령의 미지수와 함께 자리를 차지하게 된다.

사건도 많고 해결해야 할 일도 많지만, 나를 필요로 하는 혈육의 끈끈함과 배우자와 자식이라는 지렛대 같은 반동의 힘과 책임을 갖게 될 것이다.

자연의 이치에 버금가는 시작과 끝이 분명히 있는 셈이 된다.

사립문 사이로 어눌한 장독대의 때묻은 손길이 숨을 쉬고, 한길 가에 미루나무 그림자가 길게 허리를 누이는 흙먼지가 정겨움으로 다가오는 곳이 어른들의 고향이라면, 길을 걷다가 무심코 올려다 본 베란다에 가지런히 널려진 빨래를 발견했을 때, 늦은 귀가로 확인하게 된 누군가를 기다리며 희미하게 켜놓은 거실의 불빛, 아파트 문을 열고 들어섰을 때 거리에서 찾아볼 수 없었던 나와 비슷한 모습과, 귀에 익숙한 목소리의 정겨움으로 왈칵 다가오는 안스러움에 목이 메일 것만 같은 느낌이 젊은 날의 고향은 아닌지.

나의 세 번째 고향은 내가 태어나서 살다가 갔다는 표시를 어디엔가 남겨주고 싶은 곳이기도 하다.

그런 이유에서는 아니지만 20대의 어설픈 엄마시절부터 준비해 둔 것이 있다.

아기가 자라면서 생후 40일만에 처음으로 옹알이를 하며 나누었던 대화의 감격과, 4개월 28일만에 아래 왼쪽 잇몸을 밀고 앞니가 뾰족히 올라오던 일, 감기에 걸려 40도를 오르내리는 열을 내리느라 허둥대며 체온계를 아기 겨드랑이에 뺐다 끼웠다 하며 밤을 새운 날들의 기억을 담은 '육

아일기와 산모수첩'을 간직하고 있다.

아기가 자라 성인이 되어서 나의 품을 떠날 때 육아일기 속에 꼼꼼히 적어놓은 예방접종 표시와 소아과 병원 카드. 태어나서 처음으로 발목에 묶었던 ○○○엄마 아기라는 이름이 적힌 출생신고와도 같은 발목 묶음띠, 누렇게 절은 배냇저고리와 턱받이를 선물로 줄 것이다.

그것은 나의 세 번째 고향이며, 놓기 싫은 엄마의 손을 놓고 높은 유치원 담 모퉁이를 끼고 등원하면서 수없이 뒤돌아보던 내 아이들의 어린 시절을 담은 가슴 뭉클한 기억이다.

나의 고향은 세 군데.

그 어느 곳 하나 소중하지 않은 곳이 없으며 눈을 감는 그날까지 유일하게 안고 갈 무엇과도 비교할 수 없고 바꿀 수 없는 영원불면의 꿈이기도 하다 .

# 바다빛 운동화를 선물받고 싶은 날

바다빛 운동화가 그리워지는 달이 왔다. 운동화를 사달라
고 조르기를 며칠, 추석선물 받았다고 좋아서 어쩔 줄 몰라
하는 나에게

"그게 선물받은 거니? 억지로 사게 만든 거지."

하면서도 무슨 때만 되면 이상하게 운동화를 사 주었다.

"신발을 선물로 주면 빨리 헤어

진대."

하고 지나치는 말을 하면

"그래, 빨리 헤어지고 싶어

서 사 주는 거다 왜!"

하고 웃으면서 넘긴 말이 나

중에 사실이 될 줄 그때는 몰랐

었다.

바다빛 운동화가 끝인지도 모른다는 생각을 했다. 선물로 받을 수 있는 물건으로서 끝이 아니라 마음으로 느끼는 선물의 끝.

만남에 대한 기쁨의 뒷면에는 두려운 이별과 예기치 못하는 아픔도 숨어 있다는 것을 알고 있는 듯.

여름의 끝을 잡고 바다빛이 퇴색되어가는 가을, 그것도 추석선물로서 어른이 되어 받아 보고 기뻐했던 황홀한 선물이  었다는 것을 잊지 않고 있다.

지금도 이상하게
"선물로 무엇이 좋을까?"
하고 누가 물어오면 망설임없이 나오는 대답
"운동화."
'아직도 운동화를 받고 기뻐할 어른애가 있다니?' 하는 표정들.

그러나 나에게는 어떤 선물보다 더 값지고 소중한 선물이다. 금액으로 환산할 수 없는 희망의 빛이 들어있었던 선물

인만큼, 바다빛 운동화는 내가 아끼는 물건 중의 하나이다. 한번도 신지 않았지만 빨고 또 빨아서 하얗게 변색될 때까지 오래오래 간직할 것이다.

운동화를 선물로 받고 싶은 날, 나는 바다를 닮은 하늘을 본다. 바다와 하늘이 같은 빛인 것과 같이 나의 바다는 지금 내 머리 위에 하늘로 떠있는 것이다.

저 하늘빛 바다가 내 곁에 떠있을 때, 바다빛 운동화를 신기만 하면 만날 수 있는 거리에서 서로를 지켜볼 수 있다는 것을, 별이 유난히 빛나는 오늘밤에도 느낄 수 있다.

밤마다 잊지 않고 하늘을 보자. 그러면 거기에 바다빛 운동화가 맨발인 나를 기다리고 있는 것이다.

운동화를 선물로 받고 싶은 달에 새 운동화를 사 줄 사람이 없다고 슬퍼하지 않는다.

어느 해 여름에 사주어서 한번도 신지 않고 아껴두었던 하얀색 운동화, 그리고 슬픈 눈동자를 닮은 하늘빛 운동화 가 곁에 있으므로 …….

# 문밖에서 문안으로

새벽, 상대없이 혼자서도 부산하
게 움직일 수 있다는 이름 모를
바람소리가 술렁대며 힘없는
나의 창을 드나들었다.

문밖에서 서성대는 낙엽소
리 같은 당신을 내 마음속에
가두기 시작하면서부터, 헛간
둥둥 떠다니는 햇살마저 허공에
서 잡아야 하는 목이 긴 우리의 사랑
만들려고, 움츠러들고 피 말리며 다가서던 그 술렁임의 날
을 용기라 해야 하나, 사랑이라 해야 하나.

당신이 괴로움에 어둠 설치는 밤이면 구멍 숭숭 뚫린 내

마음, 밖으로 나와 검버섯같이 번져가는 외로움에 시린 희
망 묶어놓고 기다렸었지.

　당신을 채울 마음 열어놓고 기다렸었지.

　문안으로 당신을 맞아들이는 일, 문밖으로 밀어내는 일보
다 큰 고통이라는 것. 알 것만 같은 어둠들.


　'사랑은 가시덤불과 백합꽃을 동시에 적시는 밤이슬이다'
라는 스페인의 속담마저 깊게 파고들던 빈 것으로도 행복했
던 그 바람 서성대며 술렁거렸다.

# 밀어내지 못한 기억

이른 겨울, 담장이 없는 그 집 앞에는 일손을 놓은 논들이 마음씨 좋은 아저씨처럼 널려있고, 지붕과 높이를 같이한 굴뚝에서 올라오는 연기는 초가지붕을 덮고 있다.

오랫동안 마음을 가두었던 나를 맨발인 체 밀어내어 거짓된 삶이 뿌리내리지 못할 것 같은 흙냄새를 마시게 했다.

　기억이란, 잊지 않고 외워둠, 마음속에 어떤 모습, 사실, 지식, 경험 따위가 잊혀지지 않고 남아있는 것이라 한다.


　새마을 운동은 농사를 짓는 시골에까지 확산되어 초가집을 헐고 기와집으로 바꾸어 짓는 것이 유행처럼 번진 때가 있었다. 동네가 법석을 떨며 너도나도 옛집을 헐고 새로운 집을 짓기 시작하거나 양철이나 기왓장으로 지붕이라도 고쳐 외관상으로는 하자없이 번듯한 모습으로 변해가고 있었다.
　새로 짓고 있는 집의 높이가 올라가는 것을 위세처럼 내세우며 대들보를 올렸을 단순하고 무지하기까지 한 순하디순한 사람들이 모여 사는, 단조롭고 조용하던 시골 동네는 허풍을 띄우며 변해갔다.

　동네에서도 맨 꼭대기에 자리잡은 우리집은 새마을 운
동과는 상관없다는 듯, 짚으로 이엉을 엮어 올린 초가지
붕에 어울리는 허름한 대문은 제모습을 지키며 요지부동
인 것이다.

　가정방문을 오시는 선생님께 창피하고 부끄러워 학년이
바뀔 때마다 치르는 3월의 곤욕은 이른 봄바람처럼 몸속으
로 쏙쏙 파고드는 것이다.

　새로 단장된 마을이 되기까지 정부에서 싼 이자로 융자를
내어 주었다. 하지만 농사일밖에 별다른 수입이 없었던 사
람들은 가을걷이를 하고 나면 빚을 갚아야 하는 어려움을
겪게 되었다.

　들에서 일을 하느라 구부정해진 허리가 펴질 사이도 없이
빚 독촉장으로 더욱더 구부정해졌다. 그것으로 인해 불화가

생기는 일이 많았고, 서울에 가서 돈 많이 벌어 온다는 이유
로 부인이 집을 나간 예도 있었다.

결국, 원금과 이자를 갚지 못해 담보로 저당잡힌 땅이며
집을 내어주고 식구도 잃게 되는 경우가 생기게 된 것이다.

"빚내서 집 지으면 몇 해 안지나 그 집 내주어야 된다."
라며 고집피우시던 아버지의 깊은 속을 읽지 못한 것을 부
끄럽게 여기게 되었다.

힘들고 어려운 늪에서 허우적댄다는 느낌이 들 때마다 초
가집에서 올라오는 저녁연기 같은 아버지를 생각하게 된다.

시꺼멓게 변하다 못해 삭을대로 삭으면 땅에 내려져 거
름이 되고, 논과 밭을 기름지게 만들어 되돌려놓는 이엉같
은 삶.

마음을 넝마처럼 내어주고도 메마른 육신을 썩게 할 줄

아는 지푸라기 같은 삶을 살 수 있었던 것은, 자연의 이치를 거부하지 않고 받아들이며, 외롭지만 묵묵히 제자리를 지키며 살았기 때문은 아닐까?

주변머리없고 꽉 막혔다는 말을 많이 듣기도 하는 나는 어른이 된 지금도 변변한 친구 하나 없다고 핀잔을 주는 이도 있다. 혼자 놀기를 좋아하고 편견 또한 심해 한번 마음을 나눈 사람에게는 혈육인양 매달리며, 내가 가는 곳 어디든 분신처럼 끌고 다닌다.

그것을 잘난 사람들은 집착이라 하는 것이며 내 나름대로는 사랑이라 여겨진다.

집착이란 마음을 비우며 동반되는 의식이 아니며, 감정이나 이성에 의해, 필요에 의해 쫓고 붙잡는 것이 아닌가.

사랑으로 인해 아픔을 겪은 이들은 애정결핍증에 걸린 장

애인이 된다. 사랑이란, 위법과 준법이 무너진 지옥훈련과도 같은 것. 그 훈련을 호되게 치르고 승리한 사람들은 커다란 걸림돌 없이 인생이라는 전쟁에 대응하는 면역이 길러졌을 것이며, 밀고당기는 게임에서 손을 든 사람들은 면제될 수 없는 상처라는 죄 몫을 안고 건조한 도시처럼 살아갈 것이다.

그것으로 본다면 우리는 어쩜 뇌 기능 과잉이나 부족으로 인해 갈 길을 잃고 헤매는 어지러운 전쟁터에서 살고있는 불운한 사람들인지도 모른다. 마음을 조이며.

사람에 따라서 기억이란 아름다운 사색이 될 수도 있지만, 장애가 될 수도 있다는 생각이 든다.


눈높이가 모자라는 빌딩들이 앞다투어 자리를 잡게 되는 도시에서 물기어린 정서를 갖는다는 것은 엘리베이터없이 빌딩을 오르는 일만큼이나 어려운 것 같다.

의식을 대변하는 시각이나 감각이 눈에 보이거나 만져지는 것을 추앙하는 건조한 도시는 초겨울 어설픈 날씨만큼 사람의 마음마저 어리둥절하게 한다.

초가지붕에서 올라오는 저녁연기 한 자락에 마음을 빼앗겨 울먹해지는 내 자신을 바라보며, 생각을 많이 다친 사람은 어떠한 것에도 흔들릴 수 없지만, 마음(감성)을 많이 다친 사람은 미세한 것에도 분열되는 자기만의 영역이 있다는 것을……

사람이 살아가는 것은 정신질환을 앓는 것과 같으며, 그 질환을 치료해 가는 기간을 사랑이라고 말한다면, 나의 문학의 길도 맨발로 땅을 밟듯 뿌리의 근원을 찾아가는 길임을 놓치 않을 생각이다.

　떨리는 손을 진정시키며 외로운 위선을 마신다.
　초대되지 못한 파티에 끼어 주객이 된 기분같은 시간과, 규격봉투를 밀어낸 백지장의 허허로움으로 우회하는, 비가 맹자 같은 불규칙한 만남.
　꿈을 넘어오는 칵테일빛 여운이 아닌 꿈 저 밖으로 분늬되는 과일주스의 텁텁함을 남기고 돌아가는 사람.

# 소 녀

굵은 선의 쌍꺼풀만큼이나 커다랗고 맑은 눈동자를 가진 소녀를 나는 알고 있습니다.

목소리가 요란하여 속이 없다고 핀잔을 들어도 5분도 굿 되어서 호들갑을 떨며 잊어버리는 단순함에, 속이 없다기코 다는 지혜로움이라고 칭찬해주고 싶습니다.

책상 앞에 앉아 일기장 속의 비밀을 자물쇠로 채우며 안심하는 설레임도 간직하는 어여쁜 마음과 LG의 김 재현(야구선수)이 남편이 될 거라 는 야무진 꿈을 사진에 얹어 코앞 까지 바짝 들이밀며,

"잘생겼지?"

"내 친구들 모두 이 사람이 남편이래."
하면서도 섭섭해하지 않는 어른과 아이의 중간쯤에서 자라
고 있는 열네살짜리 여중생을 알고 있습니다.

노이즈와 서태지를 광적으로 지지하면서도 공연장에 뛰
어드는 절대성보다는 TV 앞에서 목청껏 괴성을 지르기도
하며, 떡볶이와 순대꼬치, 피자와 치킨을 곁들인 콜라를
대형 컵에 따라 얼음을 많이 띄워 달라는 이 아이를 천사
라 할까요?

때론 남동생과 치열하게 말싸움을 하고도 화해를 먼저 거
는 너그러움과, 먼저 사과해야 한다는 도시적 사고와 세련
된 노련함도 겸비했답니다.

오스트리아의 철학자 아들러(Alfred Adler)는
"그들이 어디서 와서 어디로 가는지는 설명하지 않는다,
그들은 단지 흘러갈 뿐이고 길은 자연만이 알고 있는 것이

다.” 라고 말했답니다.

어떠한 이해관계로부터 밀려난다는 피해
의식이 강한 나를 대신해주는, 씩씩
하고 건강한 사고와 용기가 내 곁
에 있어 주어 많은 위안이 된다고
솔직히 고백하고 싶습니다.

어쩜 오이디프스 컴플렉스증을
약간은 가질만큼 욕심과 질투심
과 결핍이 많은 나는 어른들과 잘
어울려서 지내는 것이 불편하기도 합
니다.

그러나 나는 나이 한참 어린 이 소녀에게서 친구와 인
척, 연인을 대신하여 의지하고픈 마음 또한 간절하기도
하답니다.

나의 든든한 정신적 보수이기도 하지요.

광역삐삐가 비싸다고 삐삐를 두 번씩이나 바꾼 친구를 너
무너무 부러워하며

“나도 하나 사주면 안될까? 친한 친구 다섯 명 모두 다 갖
고 있는데.”

하며 말꼬리를 흐리는 아이, 살이 찐다고 저녁을 굶고도 초

콜릿을 우물거리며 흥얼거리는 철없는 단순함이 어여쁨이
며, 발이 커져서 작아진 양말도 억지
로 발을 들이밀면서 상표(나이
키)를 자랑하고 싶은 충동으로
불평하지 않고, 디자인이 마
음에 든다며 등산길에 발이
부르터 물집이 생겨도 굳건히
참아내는 용기도 동반한 아이
랍니다.

　등이 시린 2월 새벽,
　곤히 잠든 소녀의 머리를 쓸어 주며, 낮에 피아노를 치다
펼쳐놓은 쇼팽의 즉흥곡 선율이 퍼져있는 향기로운 베개를
바쳐줍니다.
　나의 사랑 나의 꿈 !
　'서태지와 아이들' 노래에 맞추어 흔들어대는 유연함과
너그러움은 없어도,
　피자와 콜라를 즐겨먹으며 힙합 바지를 한번쯤 입어보고
싶다는 희망사항도 버리지 않는 어른으로 환상 이외의 무엇
을 바라지 않는다는 시를 읽으며,
　돌아오는 생일날에 광역삐삐를 사주어야겠다는 계획을

짜며 새벽 5시 45분을 맞이하는 나는 그 소녀를 늘 곁에서
지켜주고픈 욕심이 생깁니다.

놓치고 싶지 않아도 놓아야 하는 새벽과 아침의 관계처럼
말입니다.

# 도서관 증후군을 아시나요?


혹시, 도서관 증후군에 걸려 본 적 있나요? 라고 묻는다
면 당신은 어떤 대답을 할 수 있습니까?

새벽 다섯 시가 되면 나는 바빠지기 시작한다. 기다리는
사람이 있는 것도 아니요, 꼭 가야 할 약속을 정한 일도 없
으면서 어둠침침한 새벽 외출 준비에 바쁘다. 아침 일찍 나
가려면 집안정리를 말끔하게 해놓아야 돌아왔을 때 쉴 수
있기 때문이다.
별로 흥미없는 이야기나 귀에 거슬리는 농담을 들어야 하
고 한 자리에 앉기 싫은 사람까지 억지로 보면서, 가식적인
행동이나 말이 이어지는 대화의 자리라면 형식적으로 꼭 참
석해야 될 자리라 해도 피하고 싶어진다.

모임이라는 것의 의미도 생각해 볼 문제를 많이 가지고 있기도 하지만, 그것보다 더 큰 이유는 혼자 놀 수 있는 시간을 빼앗긴다는 생각에 여럿이 모이는 곳은 웬만해서는 피하려고 한다. 자기자신에게서 기쁨을 끌어낸다는 것은 완전한 산책이라고 했듯이 즐거운 모임보다는 고독한 산책을 택하고 싶다.

혼자 잘난 척한다고 고상떤다고 할지 모르지만 그런 내용과는 전혀 거리가 멀다.

나는 거의 매일 하루에 한 번씩 들러서 행복해지기도 하고, 위안받기도 하며 즐기는 곳이 있다.

외출할 때 많은 시간을 준비해야 되는 것과는 반대로 화장기 없는 맨얼굴로 가도 되고, 멋스럽게 반짝이는 구두 대신 신발장 저 안쪽에 밀어넣었던 운동화를 꺼내 신고, 이책 저책 집어넣은 큰 가방을 등에 메고 편안하게 갈 수 있는 곳

이다.

조용하고 아늑한 분위기에서 간섭과 관심으로부터 밀려
나와 완전한 개인으로서의 자유로운 정신세계와 진솔된
나 자신을 만날 수 있는 곳, 책 속에서 만나게 되는 여러
장르의 사람과 수많은 사건과 지식의 언어들, 아름다운 이
야기가 묻어 나오는 도서관이 바로 나의 유일한 도피의 장
소이며 꾸미지 않은 자신과 만날 수 있는 피신처이며 대피
소이다.

생각만 하여도 마음이 설레이고 안가면 궁금해서 몸살이
날 것 같은 그곳은, 맛있는 음식보다도, 재미있게 수다떨 수
있는 친구보다도, 날씬해지고 건강에 좋다는 헬스장에 가는
것보다 더 흥미롭게 사색하며 깨어있는 호기심과 마음껏 놀
수 있는 곳이기 때문이다.

꼭 참석해야 할 곳이 아니라면 외출하고 돌아올 때 가만

히 생각해보자, 반갑고 유익했던 시간보다 상처받고 고립되었던 만남들이 더 많은 듯하다.

'사람 살아가는 것이 다 그런 것'이라고 변명하고 살기에 우리는 너무 많은 시간을 낭비하고 쉽게 보내고 있는 것 같다.

다시 만나고 싶고, 그리워지는 장소나 사람이 표정없이 살아가는 우리들 가슴속을 얼마만큼 차지하고 메워가며 살고 있다고 생각하는지 묻고 싶어진다.

분위기 있는 커피숍에서 좋은 음악과 함께 마시는 커피향에서 위로받고 행복도 느끼겠지만 많은 사람들이 이용하는 대신 조금은 수선스럽기도 하고 냄새 공해와 옆에 앉은 사람이 부스럭대는 소리, 발자국 소리에 신경도 쓰이지만 쉬는 시간을 스스로 정해놓고 휴게실 벽에 서있는 자판기에서

빼 마시는 커피 한 잔의 맛도 한번 경험해 보라.

　종이컵이 가져다 주는 포근함을 두 손으로 감싸며 지금 내가 어디쯤에 와있는지 가만히 짚어보자. 종이컵 속에 들어있는 커피처럼 내 주위와 잘 배합된 사람으로 살고 있는지에 대해서도 …….

　인생이란 소풍나온 것이라고 어느 시인은 말했다. 소풍도 소풍 나름이 아닌가. 소풍나온 자리가 불편하고 모자라는 것 때문에 늘 불만인 사람과, 부족한 점을 채워가며 긍정적인 사고를 가지고 발견하며 발전시키는 사람, 나는 어디에 속해 있는 사람인가?

　모자람을 채워가며 살고 있는지 아니면 늘 부족하다고 원망하며 요행을 꿈꾸는 사람인지를 생각해보자. 소풍이 끝나고 돌아갈 때 아름다움으로 충만해서 돌아가는 삶이었다면 더 이상 바라는 것은 욕심이 된다.

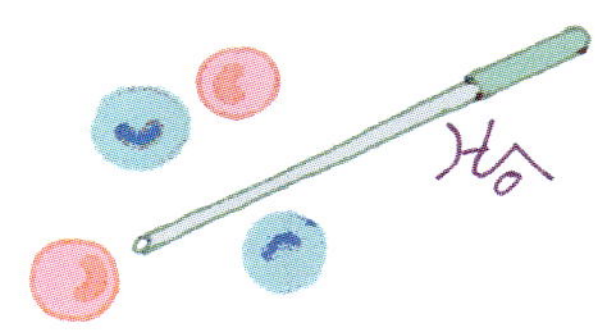

　욕심이 지나친 것도 문제가 되겠지만 그보다 더 큰 불행은 자기자신을 모르고 삶을 마치는 사람이 아닐까?

　소풍 나온 이유와 꼭 이곳으로 와야 했는지 두 손을 가슴에 얹고 왜? 라고 물어보자. 그곳에 와야 할 조건과 해야 할 일이 있을 것이다.

　소풍의 장소는 개인의 능력이나 성품에 따라 강이나 바다로 장소를 택하는 사람이 있는가 하면 그보다 조금은 위험하고 평탄치 않은 산이나 들, 가파른 언덕을 정하는 사람도 있을 것이다.

　어디에서 어떤 삶을 살아가느냐는 큰 문제라 할 수 없다. 어떻게 살아가느냐가 문제가 될 것 같다.

　우리는 각기 얼굴모양이 다르듯 그 사람이 가지고 있는 그릇의 크기에 따라 놓여질 자리도 다를 것이다. 만선을 운행할 사람에게 쪽배를 가져다 줄 수 없듯이…….

　이 세상에 다시 태어난다면 사자
로 태어난다는 사람과 고운
학으로 태어날 거라는 사
람, 꽃으로, 나무로, 사람
으로 …….

　다양한 선택의 요구와 희
망이 들어있겠지만, 그 이유
에 대해서는 이 세상에서 이루
지 못했거나 부족했던 것을 채워보려
는 자기도취에 지나지 않는다.

　마음을 바꾸면 세상이 달라보인다고 했다. 나 아닌 다른
사람을 위해서 조금씩 양보하고 마음을 비워보자.

　세상은 아름답고 사랑해 주어야 할 사람들이 나의 마음
에 차곡차곡 들어와 쌓이면 이내 어여쁜 한 송이의 고운
심성으로 피어나 그 사람을 사랑하지 않고는 배겨나지 못
할 것이다.

　바람을 줄이고 이기적 생각에서 자유로워진다면, 누구나
성인 아닌 성인이 되어 살아갈 것이며, 이 세상은 정말 한
번쯤 살아본 만한 가치가 있는 세상으로 변하리라 믿고 싶
어진다.

우리가 모르는 많은 지식과 삶의 진솔함은 직접적인 경험이 아닌 간접경험으로도 얼마든지 다독이고 추스릴 수 있다고 믿고 싶다.

도서관은 학생이나 직업을 가진 사람만이 다녀가는 곳은 아니다. 친구가 없어 외롭다고, 우울증이 온다고 핑계를 대지 말고, '시간이 나면'이 아니라 '시간을 내어서' 도서관에 가보자.

그곳에 앉아있는 몇 시간만이라도 떠돌았던 자기자신을 찾아 되돌아보고 사색하며, 나만이 가질 수 있는 삶의 향기를 마음속 깊은 곳에까지 묻혀오자.

조금은 고독하고 드러나지 않는 일상이라 해도 도서관 가는날 아침이 오면 백화점에 밍크코트 사러 가는 날보다 몇 배 더 흥분된, 가슴이 뛰는 소리를 들을 수 있을 것이다.

'도서관 중독증' 너에게 맘껏 취해보고 싶다.